転生したラスボスは異世界を楽しみます

転生したラスボスは

02

平成オワリ

ill. 由夜

異世界を楽しみます

CONTENTS

プロローグ

今から十八年前、日本でただのサラリーマンであった俺は死んだ。

普通ならそこで人生は終了していたはずだが、なんの因果か『幻想のアルカディア』というゲームの世界に転生してしまう。

しかも、最期は死ぬラスボス——シオン・グランバニア皇帝として。

生まれたときから破壊神の器として育てられる未来。

そのために発生する、多くの犠牲。

当たり前の話だが、死ぬとわかっていてただ日々を過ごす男はいないだろう。

才能は間違いなく世界一。

赤ん坊のときから鍛え上げれば、どんな相手よりも強くなれることはわかっていた。

更に言えば、元々大好きだったゲームだ。

未来の知識はあり、誰が味方で誰が敵かもわかっている。

俺は動き続けた。足掻き続けた。

帝国のクーデターを企てた者、帝国を弱体化させる大魔獣、そしてシオン・グランバニアをラスボスに担ぎ上げるクヴァール教団。

ありとあらゆる死亡フラグを打ち砕き、十八歳となった俺は、真の意味で自由を得たのである。

そうして皇帝の地位を弟に譲った俺は、世界を楽しむために旅に出た。

シオン・グランバニアからただのリオンとして、正体を隠した状態で異世界を堪能していたある日、一人の少女と出会う。

原作において、自らの命と引き換えにクヴァールになったシオンを殺す少女。

天秤の女神アストライアの化身——聖女フィーナ。

クヴァール教団が死亡フラグ製造機だとすれば、彼女は正真正銘俺にとって『死』そのものだ。

当然関わる気などなかったのだが、彼女の中に眠るアストライアが俺について行くように指示を出し、共に行動をすることに。

のんびり世界を見る旅をするはずだったのだが、復活した古代龍レーヴァテインと戦って僕《しもべ》にしたり、奴隷にされたエルフの少女アリアを解放したり、慌ただしい日々が過ぎていく。

そしてエルフの里を襲っていたのがクヴァール教団の残党だと知った俺は、奴らを蹂躙することを決めた。

シオン・グランバニアは大陸最強の魔術師。

俺の魂が入ったとしてもそれは変わらず、クヴァール教団は殲滅だ、と戦っていたところで予想外の出来事が発生する。

フィーナの中にいる天秤の女神アストライアが俺の力を危険視し、殺そうとしてきたのだ。

返り討ちにしたことでアストライアは女神の力を失ったが、シル婆を名乗る上位存在に殺すことを止められてしまう。

そして弟であるジーク・グランバニア皇帝にアストライアを引き渡し、解放したエルフたちも帝国が保護を約束。

これにより、破壊神の器として生まれた『シオン・グランバニア』と、それを殺すために生まれてきた女神の器『フィーナ』。

俺たちは死ぬはずだった運命を破壊し、新たな未来を紡ぐことになる。


エルフの里から旅立ち、南に向かうこと一週間。

グランバニア帝国と南のサーフェス王国の国境に広がる樹海の中を俺たちは歩いていた。

「あの、リオン様……」

「なんだフィーナ？」

俺の斜め後ろ、二歩分離れた位置をきっちりキープしたフィーナは、真剣な表情で口を開く。

「もしかして私たち……迷ったのではないでしょうか？」

「……」

ゼピュロス大森林——通称『迷いの森』。

あまりにも広大かつ強力な魔物が蔓延ることから帝国も王国も開拓を諦めたこの森は、不思議な魔力に包まれていた。

「フィーナよ、私は以前言ったはずだ。見えない未来《みち》があるからこそ、人は前に進もうと努力すると」

「はい……」

「知っている未来など退屈極まりないものだ。こうして、誰も足を踏み入れたことのない未知の領域を歩むこと、それこそが己の足で進むということだ」

「リオン様……そうですね、その通りです！」

俺の言葉に感銘を受けたらしいフィーナは笑顔になる。

「……」

鬱蒼とした森の中、俺はただ前へと進む。

『幻想のアルカディア』にも登場しないこの森について、俺はなにも知らなかった。

まあつまり……。

「申し訳ありません！　私はてっきり、道に迷ったのかと本気で思ってしまい……リオン様はこの未知を楽しんでいらっしゃったのですね！」

——今更道に迷いましたとは言えないな……。

ただまあ、たしかに迷ったが解決策がないわけではない。

この森が大きくとも、一部を吹き飛ばして空に浮かべば脱出することはできるだろう。

それをしないのは、単純にこの森の攻略を楽しんでいるからだ、という本音もある。

「だがそろそろ日も暮れる。レーヴァも腹を空かせているだろうし、一度街に戻って——」

ふと、殺気を感じて木の奥を睨む。

ずしりと重い足音が辺りに響き、木々を倒しながらこちらに向かってくる魔物が見えた。

「あれを倒してからにするか」

巨大なゴリラを丸くしたような魔物——ビッグフット。

その手はフィーナの細い身体を掴めるほどに大きく、足は二人分を潰してなお余りある。

「ブアァァァ！」

「リオン様!?」

巨体からは考えられないような速度で迫り、俺たちを踏み潰そうとしてくる。

大きな足から生まれる影が俺たちを飲み込み、そのまま落とされるが――。

「ふん」

「っ――!?」

それを軽く弾くと、俺はそのまま一歩前へ。

丸い腹を殴った瞬間、鈍い音を鳴らしてビッグフットは森の奥へと転がっていった。

「行くぞ」

「あの、倒さなくてもいいんですか？」

「内蔵は潰した。もう満足に動けん」

あとはこの森の魔物が勝手に処理をしてくれるはずだ。

魔物の世界は弱肉強食。

元々強かった魔物も、弱ればそのまま食い荒らされることになる。

「……」

フィーナは木々がなぎ倒された森の奥をじっと見つめて、困惑した様子。

「どうしたフィーナ？」

「いえ、倒した証明を出せばリオン様の冒険者ランクも上がるのでは、と思いまして」

「ビッグフットはBランクの魔物だ。私たちのような『Eランク』の冒険者が倒したらおかしいだろう？」

「あ……」

俺の言葉にフィーナはハッとした顔をする。

Eランクとなり魔物退治の依頼を受けられる俺にとって、冒険者のランクを上げることなど造作もない。

ただ、そもそも俺はこの世界を楽しみたいのだ。

冒険者になったのもその一興。

故に、一つ一つ積み重ねていくことこそが大切で、一足飛びに活躍したいわけではない。

「そうでしたね。もう薬草摘みとかしなくてもランクは上がりますし、急いでする必要なんてないですもんね」

「……その通りだ」

薬草摘みか……。

いくら探しても見つからない難しいやつだったな。

あれをFランクの依頼にするのは間違っていると思う。

「しかし龍の墓場か」

龍の墓場とはその名の通り、悠久の刻を生きるドラゴンが、己の死を決めた最期の場所をいう。

元々このゼピュロス大森林に来たのは、それが存在するという噂を聞いたからだ。

存在そのものが価値のある龍は、たとえ死骸でも人や魔物たちに狙われる。

そのため今、この森には多くの冒険者や貴族の私兵たちが集まっていた。

「噂だけがあって、誰も見つけられていないみたいですね」

「まあそう簡単には見つからんだろう」

このゼピュロス大森林は強力な魔物こそ多いが、ある程度の力を持った者なら立ち入ることはできる。

龍は死後を荒らされないよう、誰も手出しができない場所で最期を迎えるとのこと。

それはこの世界とも違う、どこか遠くという噂も聞いたことがあった。

「素材などどうでも良いが、そこはとても美しい場所と聞いている……やはり見てみたいな」

「それでは明日もまた来ますか？」

「いや、Eランクの冒険者である私たちが何度もこの森に出向くと悪目立ちをする。それに、これ以上はレーヴァも良い気分はしないだろう」

今回も街に残ると言って来なかったくらいだ。

おそらく奴なら龍の墓場の場所もわかるのだろうが、教える気はなさそうだった。

「まったく生意気になったものだ」

「ふふ」

「急に笑ってどうした？」

「だってリオン様。やろうと思えば力尽くで教えて貰えるのに、ちゃんとレーヴァさんの意思を尊重してるから」

「当然だ。たしかに奴は私に敗北して下僕となったが、奴隷にしたつもりはないからな」

まあそれでも、あまり調子に乗らないようにもう少し調教する必要はある。

俺には敵わないが、あれでもかつては破壊神クヴァールと争った世界最強クラスの古代龍だ。

寿命は人間より長く、いずれ俺が死んだ後に本気で暴れれば帝国だって簡単に滅ぼされてしまう。

――まあ、今更そんなことはしないだろうがな。

焼き鳥を食べながら美味い美味いと笑うレーヴァを思い出し、つい笑いがこみ上げてくる。

「あまり待たせては、小遣いを全部使い切ってしまうか」

俺はフィーナを抱きかかえた。

「ひゃ――――!?」

「帰るぞ。しばらくは近くの街で活動するのだから、焦る必要はない。また機会を見つけて探そう」

「は、はい！　と、ところでなぜこのような格好で?」

「持ちやすいからだが?」

背中と膝の裏を抱えて、お姫様抱っこの状態。

さすがに正面から抱きしめるのも、背負うのも、彼女の豊満な胸が当たってしまうので却下。

消去法でこの体勢になる。

「ぅ、ぅぅ……普通に歩いて帰ればいいじゃないですかぁ……」

「恥ずかしいのはわかるが、我慢しろ」

迷いの森というだけあって、きっちり迷ってしまったので歩いて帰れないのだ。

本気でやれば森を吹き飛ばすこともできるが、それで龍の墓場まで壊してしまっては元も子もない。

仕方がないので空から飛んでいくだけである。

――まあ、格好悪いのでそれは言えないけどな。

「さあ行くぞ」

「……はい」

しおらしく返事をするフィーナを抱えながら、俺は森の上空へと飛んでいった。


城塞都市ドルチェは南のサーフェス王国との国境に存在する、帝国の重要拠点の一つだ。

この世界では人間同士の戦争は起きていないが、かといって前世のように気軽に旅行できるような間柄でもない。

他国に行く場合はそれなりの立場が必要で、所属組織を介す必要がある。

冒険者なら冒険者ギルド、商人なら商人ギルドに他国へ行く申請を通す必要があり、今はそれを待っているところだった。

その間はEランクの冒険者として、依頼をこなす日々を送っている。

「申請にはしばらく時間がかかりそうなんですよね？」

「そうだな。今の冒険者という立場では数ヵ月はかかるだろう」

もっとも、Aランク以上になればまた変わってくるが。

「さて、依頼達成報告も終えたし、宿に戻るぞ」

「はい！」

すでにジークを通して一部の貴族には俺が諸国漫遊の旅をしていることは伝わっている。

この街の領主であるドルチェ伯爵はシオン・グランバニア時代からの顔見知りのため、いざとなれば申請を通すことも可能だ。

まあそんなことをしては、なんのために正体を隠しているのか、という話なので当然しない。

――しかし、声かけくらいはしておくか？

多くの帝国貴族を粛正したとき、ドルチェ伯爵は明らかに勢力として劣勢だった皇帝――つまり最初から俺についた貴族だ。

その後の活躍も目覚ましく、俺も珍しく信頼している貴族の一人、といってもいい。

「……フィーナ」

「はい？」

「先に戻っておいてくれ。私はドルチェ伯爵に会ってくる」

「珍しいですね。正体をお伝えになられるんですか？」

「ああ」

いちおうジークにはこのまま南下して大陸を巡ることは伝えてある。

それに諸国漫遊の旅をしようと思ったらこの街に寄ることは確定であり、ドルチェ伯爵も構えているのは間違いない。

——皇族が来ているのに知らなかったからと、首を飛ばされてはたまらんだろうからな。

俺は気にしないが、ドルチェ伯爵の立場では気が気ではないはずだ。

さすがに俺の個人的な事情で心配をかけるわけにもいかず、俺はフィーナと別れて領主の屋敷へと向かっていく。

しばらくすると、街で一番大きな屋敷に辿り着いた。

「待て！　ここは伯爵様の屋敷だぞ！」

見上げていると、門番に声をかけられる。

優秀な伯爵が抱えている人材だけあって、帝都にいる騎士と比べても遜色のない実力に見える。

ここで俺がシオン・グランバニアであることを伝えれば簡単に通れるのだろうが、さすがにそれをするわけにはいかないか。

「ドルチェ伯爵に用があって来た。巨人の腹は温かかったか？　と伝えてくれればそれでいい」

「……なにを言っている？」

「待て。伯爵からもし意味のわからないことを言い出す人が尋ねて来たら確認しろと言われていただろう？」

さすが、長い付き合いだけあって俺のことをよくわかっている。

元々優秀だと思っていたが、すでに下の者にまでしっかり伝えているとはさらに評価を上げねばならんな。

「……俺はここでこいつを見る」

「わかった。少し待ってろ」

片方は俺を見張り、もう一人が屋敷の中へと入って行く。

動きは機敏で無駄がなく、優秀な門番たちだ。

こういうのを見ると気分が良くなるな。

「な、なんだその視線は？」

「なに、気にするな」

俺の視線が気になるのか、兵士は気まずそうにしている。

まさか元皇帝に評価されているなど思わないだろう。

しばらくして見張りが戻ってきた。

どうやら俺を通すように指示が出たらしく、門番が俺を案内してくれる。

明らかに怪しい人物だと思っている様子だが、上司の命令には忠実らしい。

――うむ、実に良い対応だ。

案内された部屋に入ると、恰幅の良い貴族の男――ドルチェ伯爵が立った状態で俺を迎え入れた。

そのことに門番が驚いた様子だが、伯爵の視線を受けるとなにも言わずにその部屋から出て行く。

「ご機嫌ですね」

「貴様の部下が優秀だったからな」

「それは良かった。なら彼らには特別報酬を与えなければ」

「そんなことをすれば、私が特別な相手だったと吹聴していることになるぞ」

「おっとそれは失礼。ささ、どうぞ」

お互い軽口を叩いたあと、俺が先に座り、そして次に伯爵が座った。

言葉にせずとも、どちらの立場が上かはっきり示す行動だ。

自身にかけていた幻影魔術を解き、シオン・グランバニアの姿になる。

「さて……久しいなドルチェ伯爵」

「そのお姿は、何度お会いになっても慣れませんね」

「帝国では一時期、珍獣《カーバンクル》扱いされていたくらいだからな」

俺が冗談交じりにそう言うと、冷や汗をかきながらも、視線を逸らさずに笑った。

王国との国境を守るだけのことはあり、さすがに肝は据わっている。

「それにしても、ようやく腐敗した帝国貴族を一掃できたというのに皇帝の座を退かれるとは……」

「破壊が私の役目なら、治世はジークの役目だ。それに私は元々、皇帝の座になど興味はなかった」

「あれだけの皇族、貴族を皆殺しにしてそのお言葉、まさしく暴君ですな」

「ふっ」

少しずつドルチェ伯爵から軽口が出るようになってきたところで、俺は元のリオンに戻る。

他の誰かにシオンの姿を見られるのは面倒だからな。

「聞いている通り、今の私はただの冒険者リオンだ。ゆえに、シオンと同じ風に扱う必要はない」

「承知しました。サーフェス王国への手続きはいかがしますか？」

「それも正規の通りでいい。何度も言うが、今の私はただの冒険者だ」

少しだけ強い口調で言うと、ドルチェ伯爵はそれ以上の疑問を挟まず頷いた。

俺が必要ないと言っても地位や名声を求めて勝手に動く者が多かったが、こいつは問題なさそうだ。

「それにしてもリオン、でしたか。その風格でただの冒険者とは詐欺ですな」

「言うな。これでも抑えているのだ」

「並の冒険者では気づかないでしょうが、戦場を経験した者は欺けないかもしれませんよ？」

実際、リオンとして旅立ったときに出会ったマーカスにはすぐに実力がバレてしまった。

まあバレたから困ることもないので、それはいい。

「しかし、巨人の腹とはまた懐かしい思い出を」

「貴様が戦場に現れた巨人の軍勢に食べられそうになったときは笑ったものだ」

かつてまだ帝国が一枚岩でなかったとき、帝国にクーデターを企てた貴族たちがいた。

それ自体は未然に防ぐことができたが、小競り合いは何度もあり、当時前線に立っていたドルチェ伯爵を俺が助けたという話だ。

「食べられそうになったのではなく、実際に丸呑みにされたんですよ。もっとも、シオン様に助けていただきましたけどね」

「ふっ、まあ昔話を懐かしむのも悪くはないが、この辺りにしておこう。今は仲間を待たせているからな」

俺がそう言った瞬間、ドルチェ伯爵は心底驚いたといった雰囲気。

「まさか貴方様の口から仲間という言葉が出るとは……このドルチェ、感動して涙が出そうです」

冗談のつもりだろうが、結構傷付いた。

俺だって本当は子どもの頃から信頼できる友人とかを作りたかったのだ。

だが生まれた環境、そして未来の死亡フラグの多さがそれを許してくれなかっただけで――。

「貴様のことも仲間だと思っているぞ」

意味深に笑うと、ドルチェ伯爵の口元が引き攣る。

信頼しているのは事実だが、皇帝時代の俺を知っているこいつからすれば心底冷や汗ものだろう。

なにせ多くの貴族を潰し、黄金の君と恐れられた暴君だからな。

「……心臓が止まるかと思いました。これは迂闊に冗談も言えない」

「揶揄う相手を間違えたな」

もう少し旧交を温めたかったが、こう見えてドルチェ伯爵も忙しい身。

ただの冒険者がその時間を長く取るわけにもいかないか。

「さて、ではそろそろ行くか」

「もう行かれるのですか？」

「貴族である貴様に挨拶できたからな」

ただの貴族の立場で元皇帝を挨拶に来させた、というニュアンスに聞こえたのかドルチェ伯爵はまた顔を引き攣らせる。

しまった、今回は揶揄うつもりで言ったわけではなかったのだが、失敗した。

皇帝時代はかなり気にしていたのだが、どうも最近は気が緩んでいるのかもしれない。

「気にするな。ただの冗談だ」

「は、ははは……あ、そういえば知っていますか？」

「ん？」

俺が立ち上がり屋敷から出て行こうとしたら、ドルチェ伯爵が声を上げた。

「この街の冒険者に、シャルロットがいます」

「シャルロット？」

聞き覚えのない名前に疑問を覚えていると、伯爵は説明を続ける。

「クーデターに参加していたビスマルク男爵家の生き残りですよ」

「ああ……」

ビスマルク家、と聞いて俺は一瞬過去を思い出す。

未然に防いだクーデターではあるが、先導していた貴族はいくつもあった。

クヴァール教団と手を組んでいたそれらをあぶり出し、徹底的に叩き潰したことで帝国内の膿を排除できたのだが、その粛正には巻き込まれただけの被害者も存在する。

ビスマルク家はそのうちの一つで、俺が取り潰した帝国貴族の一つだ。

「……そうか」

騎士として正義を重んじる家系で民衆にも人気のある貴族だったが、寄親が悪かった。

主犯ではなかったので、これまでの功績と状況を判断して当主の処刑と家の取り潰しだけで済ませ

だが……。

「それは、さぞ私を恨んでいるだろうな」

背を向けて、扉に手をかける。

「ああいえ、実は……」

「せいぜい、背中は気をつけるとしよう」

なにかを言いたげなドルチェ伯爵の言葉を遮り、俺はそのまま部屋を出て行った。


伯爵家から出て宿屋に向かうと、正面から腰に剣を差した冒険者の少女とすれ違う。

剣の柄には俺の記憶にあるエンブレムがあり――。

「あの、私になにか？」

どうやら俺の視線に気づいたらしく、少女が振り返る。

長い金髪を赤いリボンで纏め、頑丈さを優先した素材で作られた騎士の制服に似た格好。

ピンと伸びた背筋に真っ直ぐ清廉さを感じさせる碧眼は、意思の強さを感じた。

女性騎士自体は珍しくないが、一目見たら忘れなさそうな華がある。

――年齢はフィーナと同じくらいか……。

「……いや、知り合いに似ていると思ってな」

「はぁ……」

ナンパかなにかとでも思ったのか、少女はやや警戒した様子。

パーティーに出ればその場で婚約破棄が起きる、とまで言われた美貌に生まれた俺には新鮮な反応だ。

まあ今はリオンなので、凄まじいイケメンというほどではないから当然か。

「この街の冒険者は気性の荒い者も多いので、あまりジロジロと見るのはオススメしませんよ」

「そうだな。すまなかった」

「……」

警告のつもりだったのか、少し強い口調。

見目麗しい少女に指摘されれば、この街の冒険者たちは笑いながら反論するか、怒りで声を荒げるかどちらかだったのだろう。

俺が素直に謝ったからか、彼女は少し困惑した様子を見せる。

「っ――!?」

しかしそれも再び警戒に変わる。

ぱっと見ただけでも、彼女の力量は相当高い。

俺の実力が普通でないことに気付いたようだ。

「貴方は……」

一瞬、手が剣にかかり足が後ろに下がる。

ナンパかと思って警戒したら自分以上の実力者かもしれない、など彼女からすれば洒落にもならない状況だ。

「そう警戒するな。本当に知り合いを思い出しただけだ」

「……いえ、こちらこそ失礼しました」

かなり意識的に力を抑えると、彼女も敵意無しと判断したのだろう。

剣から手を離して、安堵した様子を見せる。

「それではな」

俺は背を向けて歩き出す。

彼女の視線は、ずっと俺の背中を見つめていた。


「……シャルロット・ビスマルク。いや、今はもうただのシャルロットか」

少しだけ、過去を思い出す。

まだ今ほど余裕はなく、必死に生き延びることだけを考え、他者について想うこともできなかった頃。

「やつもまた、私が私でなかったらどういう人生になっていただろうか？」

帝国の貴族であれば間違いなく、俺がシオンになったことで運命が変わったはずだ。

被害者となったのか、それとも救ったのか……。

「考えても意味がないとわかっていても、つい考えてしまうな」

せめて、これからの彼女に幸があることを祈ろう。

それがこの世界の運命をすべて破壊した、俺が背負うべき業なのだから。

第一章　Dランク冒険者リオン

城塞都市ドルチェにやってきてから一ヵ月。

俺たちは冒険者として活動を続け、それなりに成果を上げてきた。

今日も依頼のあった魔物の討伐を終え、その証明部位を提出すると、受付嬢のメルが嬉しそうな顔をする。

「はい、こちら依頼達成ですね！　これにより『黄金の幻想郷』はDランクパーティーとして認められました！」

パチパチパチ、と手を叩いて喜ぶ姿はまるで自分のことのよう。

彼女は俺たちがドルチェに来てからほぼ専属で担当をしてくれている受付嬢で、俺たちを仲間と思ってくれているのかもしれない。

「Dランクになると受けられる依頼も増えますからね！　ガンガン働きましょう！」

もっとも、この言い方だとこき使う気満々なだけかもしれないが。

メルはウキウキした表情で俺たちに押しつけるつもりの依頼を選び始める。

——後が少し怖いな。

「やりましたねリオン様！」

もっとも、人の善意しか知らないようなフィーナは単純に祝いの言葉を喜んでいるらしい。

「当然だ」

「そう言いつつ、かなり嬉しそうだな主よ」

「……まあな」

実際、かなり嬉しかった。

この世界に来て十八年、帝王学を学び、いつ死ぬかわからない世界で生きてきたことでだいぶ擦れてしまったが、元々はゲームが好きなサラリーマンだ。

しかもどちらかというとやりこみ勢。

一つ一つ積み上げていくのは好きだったし、ランクアップというのはシンプルに楽しい。

「最初はEランクの依頼も達成できなかったリオンさんが、よくぞここまで……」

よよよ、と感動した風を装うメル。

まるで面倒をかけた問題児のような扱いは納得がいかない。

「魔物退治系の依頼は失敗したことがないだろう」

「でもその代わり、薬草採取とかは全部フィーナさんたちに任せっぱなしだったじゃないですかー」

「……別に任せていたわけではない」

ただなぜか、本当になぜか依頼の薬草が一つも見つからないのだ。

魔物退治ならたとえ古代龍だろうと狩って来てみせるというのに、この世界は本当に謎である。

「冒険者に求められるのは腕っぷしだけじゃないんですから、もっとそっちも頑張ってくださいよ」

「む……善処する」

メルがこのようなことを言うのは、俺がEランクではあり得ない実力をすでに示してしまったからだ。

すでにこの街で俺に喧嘩を売る冒険者はいない。

最初の頃はフィーナ、それにレーヴァという美女、美少女を連れた低ランク冒険者が気に食わなかったのだろう。

多くのチンピラ冒険者たちが絡んできて、いつも通り順番に叩き潰してやったら、いつの間にか誰も近づかなくなった。

「しかし主がDランクというのは、普通に詐欺みたいなものだな」

「ギルドもリオンさんの実力は疑ってませんが、これも規則ですからね」

「それは別に構わん。それに今後はもっとランクアップのペースも上げられるだろうしな」

「普通は低ぃときの方が上げやすいんですけどねぇ」

Dランクになれば護衛依頼や魔物退治の依頼が中心になってくる。

たとえどんな敵が来ようと、すべて叩き潰してやってくれるわ。

「まあ我も弱い魔物の毛皮を剥ぐより、倒すだけの方がよほど楽でいい」

「私は結構、ああいう細かい作業も好きですよ」

「「……」」

顔を血で濡らし、笑顔で猪の毛皮を剥ぎ取るフィーナを見たとき、俺は新しい死亡フラグが立ったのではないかと恐怖したものだ。

ちなみにその姿はレーヴァから見てもちょっと怖かったらしい。

「それでどうします？　依頼を見ていかれますか？」

「いや、せっかくの昇格だ。今日は三人で過ごすとしよう」

「あらあらまああ、それはそれは……」

メルが口に手を当てて俺を見て、フィーナを見ながらニヤニヤと笑う。

どうやら下世話な妄想をしているらしい。

「お楽しみくださいね」

「貴様が思っているようなことは起きんぞ」

「リオンさんがそう思っても、フィーナさんはどうでしょう？」

「あ、あわわわ……」

その言葉にフィーナが顔を真っ赤にしてわかりやすく動揺していた。

それが楽しくなってきたのか、メルはわざわざカウンターから出てきて耳打ちする。

するとどんどんと顔を俯かせて、小さく頷き始めた。

「フィーナは箱入り娘だ。あまりからかうな」

「いえいえ、別にからかってるわけじゃないんですよ」

友人ができる分には悪いことではないが、悪影響を与えるのもまた良くない。

メルの首根っこを掴んで引き離すと、彼女はやや拗ねた雰囲気を見せる。

「主、我はそろそろお腹が空いたぞ」

「だそうだ。フィーナ、行くぞ」

「あ、はい！　それじゃあメルさん、先ほどのことはまた後日詳しく……」

余計な知識を吹き込むなよ、とメルを睨んでから俺たちは冒険者ギルドを出る。

丁度夕日が落ちかけて、街灯が光り始めるところだった。

適当な店に入り、俺はエールを、レーヴァは大量の肉を頼む。

フィーナはいつも通り、いろんなものを摘まんでいくスタイルだ。

Eランクのパーティーにしては羽振りの良い食事だが、金は以前マーカスと一緒に倒した火竜の素材を売った分があり余裕がある。

——こういうところが、他の冒険者のやっかみを受ける要因なのかもしれんな。

普通の冒険者よりも明らかに金を持っていて、美女を侍らせる。

どこぞの貴族のボンボンがお忍びで遊びに来て、見せつけているように見えていてもおかしくない。

「ああ、幸せです……」

「本当にこやつは、なんでも美味しそうに食べるなぁ……」

フィーナの食べる姿には色気があり、今も周囲の男たちが彼女を見て目が離せなくなっている状況だ。

もっとも本人は注目されていることにも気づかず、ただ美味しそうに食事を続けるだけだが。

「あ、こっちも美味しい」

「私にも少し貰えるか？」

「はい、もちろんです」

本来、こういう店では大きな皿にそれなりの量があるものだが、フィーナの前には大量の小鉢が並んでいた。

彼女が食べる日はいつも以上に売上が伸びると噂になり、店側から提案された結果である。

大食いなフィーナとしても、色々と食べられるのはありがたい申し出だったそうだ。

「一ヵ月もいると、変な噂も流れるものだな」

「まあ、フィーナのこれは噂になっても仕方がないと我も思うぞ」

実際、周囲の視線を釘づけにしているし、男たちの気持ちもわからなくはない。

食欲と色気は肉欲を連想させ、それを発散させるために店の料理をいつも以上に食べる。

店側からすれば、フィーナは売上を上げる女だった。

――そういえば、色町もあるらしいな。

さすがに行こうとは思わないが、酒場でフィーナを見た冒険者たちが言っていたのを思い出す。

いろんな意味で街に貢献しているな。

「はぁ。美味しかったです」

貴族の令嬢のような所作で口を拭き、満足そうに息を吐く。

その隣ではフィーナとは正反対に、小さな身体でやってくる肉をガンガンと食べるレーヴァが、フォークに肉を突き刺したまま尋ねてくる。

「それで、明日からどうするのだ？」

「せっかくランクが上がったのだから、新しい依頼を受けるつもりだ。我々は冒険者なのだからな」

一番の目的はこの世界を見て回ること。

だが旅に寄り道はつきもので、冒険者のランクを上げるのもその一つだ。

サーフェス王国に行く申請が通るのはまだ時間もかかる。

その間はできる限りこの街を拠点として活動する予定だった。

「この街を出る前に一度、龍の墓場も見ておきたいところだ」

「……好きにしたら良いさ。それに関しては、我は協力するつもりはないがな」

「ああ……ところで」

先ほどから妙に静かなフィーナを見ると、いつの間にか酒を飲んでいた。

ちびちびと飲んでいる割に、妙に目が据わっている。

「おい、貴様は飲むなと言ったはずだろ」

「えぇー？　なんのことれすかー？」

駄目だ。もう完全に呂律が回っていない。

フィーナはまったく酒が飲めないわけではないのだが、その時々でいきなり酔っ払うときがある。

体調か？　と思うが今日など大した手間でもなく、疲労も少なかったと思うのだが……。

「条件がわからんな」

「……」

「なんだレーヴァ。貴様、なにか思い当たることでもあるのか？」

「いや、我には人のことなどわからんよ」

視線を逸らしてちょっと気恥ずかしそうにしているが、もしやこいつ理由がわかるのか？

だったら追求して――。

「りおんさまー」

「む、飲み過ぎだぞ」

「そんなにのんでないれすよー」

どう考えてもベロベロではないか。

この世界に飲酒ができる年齢のボーダーなどはないが、まだ十六歳ということを考えれば大人の俺が止めてやらねば。

「……はぁ。今日はこのまま帰るか」

俺の腕に抱きついてくるフィーナを剥がすわけにも行くまい。

とはいえ、彼女の胸がダイレクトに当たっていて男としては少し気まずい。

「おいレーヴァ、この酔っ払いを支えてやれ」

「主、我の身体の大きさではフィーナを支えられん」

「むっ、いやそんなことは……」

「りおんさまー。運んでくださいー」

そのまま離れる気がないと言わんばかりに見上げてくる。

まあ、酔っ払いを運ぶのに下心など持っていられないから構わないが……。

「仕方ない、肩に腕を」

「わーい」

「……背中に乗れと言った覚えはないのだがな」

俺の言葉など聞く気がないのか、返事はなかった。

その代わり、耳元に寝息が聞こえてくる。

「子どもか」

「主も我から見れば子どもみたいなものだぞ」

「数千年も生きた龍から見たら当たり前だ」

「そういう意味ではないが……まあいい。さっさと会計を済ませて帰ろう」

俺がこんな状態なので、財布をレーヴァに渡す。

この光景だけを見たら、幼い少女に金を払わせて美しい女性を持って帰るようにしか見えず中々外聞が悪い。

——今度から、フィーナに酒を飲ませないようにするか？

そんなことを思いながら酒場を出て宿に向かうのであった。


俺たちは世間的にただのEランクパーティー。

今日Dランクに上がったとはいえ、あまり金回りが良すぎるのも変に注目されてしまうため、宿は中堅のところを一室取っていた。

「やはり、二部屋取るべきではないか？」

「別に我は気にせんし、仮にもフィーナは聖女だ。教会の別派閥や他勢力から狙われたら困るし、護

衛は必須だろう」

「お前がいたら護衛などいらんだろうに」

反対派は俺だけで、女性陣二人が一室を望んだ結果が今だった。

理由はわかるが、しかし俺を除いた人間に遅れを取るようなことはないだろうに。

「まったく、主は乙女心がわかっておらん」

「帝王学には人心掌握術もあったし学んできたぞ？」

「そんなことを言ってるから、わかってないと言ってるのだ」

レーヴァは呆れた様子で窓に手をかけて部屋から出て行こうとする。

「待て、どこに行くつもりだ？」

「今日は夜風が気持ちいいからな。少し空を散歩してくる」

それだけ言うと、緋色の翼を出して出て行った。

残された俺は、仕方がないのでフィーナをベッドに寝かす。

酒に酔って寝ている女性を部屋に連れ込むこのシチュエーションは、少しアウトな気がした。

「参ったな。このまま置いていくわけにはいかないし、下の酒場でレーヴァが帰ってくるまで飲むか？」

護衛が必要とはいえ、俺をくぐり抜けてフィーナに危害を加えられる者などいないだろう。

そうと決まれば俺も部屋から出ようとして、不意に袖が引っ張られる。

見れば横になっているフィーナが掴んでいた。

「起きているのか？」

「……」

「……」

じっと見つめ続けると、顔が赤くなっているような気がした。

とはいえ外も暗く、酒も入っているため、そんな気がしただけだが。

──確かめてみるか。

「……やはり美しいな」

「っ──!?」

「神に選ばれただけあって、フィーナは本当に美しい」

「……」

これは別に冗談を言っているわけではない。

実際、彼女は帝国でハニトラへの抵抗を高めるために用意された美女たちと比べても、飛び抜けていた。

まだ十六歳という年齢だからこそ出せる愛らしさと、大人に踏み込む色気が混ざった魅力。

もし俺がシオンとして生まれ変わっていなかったら、近くに寄ることすら恐れ多いと思っていただろう。

「この髪も唯一無二にして至高の宝と言って過言ではない」

蒼銀色の髪に触れてみる。

前世よりもずっと環境が悪いこの世界でなお、シルクのように柔らかかった。

肌は月明かりを受けて輝き、このまま抱きしめれば極上の快楽を得られるとさえ思う。

「いかん。私も酔っているのかもしれん」

ふと、本気で彼女を抱きしめたいと思ってしまった。

しかしそれは明確な裏切り。

これほど無防備に身体を許しているのは、俺のことを信頼しているからだ。

「だがまあ、これくらいは許せ」

俺は顔をフィーナに近づけると、その耳元にそっと息を吹きかける。

「ひゃ――――!?」

「やはり狸寝入りだったか」

「あ……」

俺の呆れた雰囲気を感じ取ったかのか、若干気まずそうだ。

「あのぉ……これは……」

「わかっている」

「え!?」

「貴様も十六歳だし、そういうことに興味が出てきたのだろう?」

少女漫画に憧れる小学生のようなものだ。

聖教会で蝶よ花よと育てられてきた彼女は今、こうして外の世界を知って色々と興味を覚えているところなのだろう。

メルという同年代の友人ができたことで、世界も広がったはずだ。

とはいえ、それが良いことばかりではない。

ある程度は自由にやらせたいが、方向性を示してやるのも年長者の役目でもあるし、しっかりと導いてやらねばな。

「だが一度やったことは戻らないものだ。酒が入ったとはいえ、しっかり自制して……なんだその顔は？」

フィーナはなぜか拗ねたように頬を膨らませている。

酒の勢いに流されてしまうなど良くないことだ。

それを伝えていたはずなのに、なぜかとてもこちらが悪いような気がしてきたぞ。

「リオン様の馬鹿！」

「なに!?」

「もう知りません！」

布団を被って隠れてしまった。

軽く布団を引っ張ってみるが、出てくる気配はない。

「おいフィーナ？　なにを怒っているのだ？」

「……」

返事すらせず、完全に拗ねてしまったらしい。

この年頃の少女の考えは、わからん……。

困ってしまうが、これ以上のやりとりは無駄だろう。

自分のベッドに向かい、服を脱ぐ。

「ん？」

「っ――!?」

視線を感じてフィーナを見ると、掛け布団の中からこちらを見ている瞳と目が合った。

気付いてすぐに隠れてしまうが、隙間からまだこちらを見ているらしい。

「……もう寝るぞ」

明日からまた新しい依頼を受けられる。

ゲームで新しい世界に進むようなわくわく感を覚えながら、俺は瞳を閉じた。


Dランクの依頼として一番多いのは、魔物退治と商隊の護衛だ。

報酬だけで考えれば護衛の方が良いのだが、時間がかかる。

そのため効率化を考える冒険者は依頼を同時に受ける者が多かった。

今回俺たちが受けた依頼も、村を渡り歩く商隊の護衛と、近くにある森の魔物の間引きの二つ。

その森というのが、龍の墓場を探していたゼピュロス大森林だった。

「魔物退治の依頼が空いていて良かったですね」

「そうだな」

商隊をノール村まで送り届け、俺たちはその足でゼピュロス大森林に入った。

目的は依頼で受けた、ゼピュロス大森林の入り口付近にいる魔物の間引き。

「こうした依頼を受けられるのも、Dランクの特権だな」

魔物退治自体はEランクでも受けられるが、依頼で倒すのは街の近辺にいる弱い魔物がほとんど。

こうして街から遠く危険な魔物が多い森に入れるのも、ランクアップの恩恵の一つだった。

「しかし、こんな辺境だというのに人が多い」

辺りを見れば、同業者や騎士が多く見受けられる。

以前から龍の墓場の噂は流れていて、この辺りの依頼は人気があったから本当に運が良かったと思う。

「やっぱり皆さん、龍の墓場を探しに来ているのでしょうか？」

「だろうな。前回もそうだったが、どうやらまだ諦めていないらしい」

龍の素材は鱗一つで一攫千金に値する。

冒険者ならたとえ命をベットしても手に入れたいと思うものだろう。

「こんな場所で龍が眠るわけがないだろう……」

レーヴァが機嫌悪そうにそう呟く。

「今回も休んでいて良かったのだぞ？」

「ふん……龍の墓場探しには協力しないが、依頼は受ける。我も今は冒険者だから当然だ」

意外とプロ意識が強いな。

龍が死ぬときは誰もいない静かな場所を選ぶものと言われている。

危険な魔物が多いとはいえ、森の入り口のような誰でも入ってこられる場所にはない、ということだろう。

「まあ他は関係ない。私たちがやるべきことは森の入り口付近にいる魔物の駆除だからな」

弱い魔物は冬前になると獲物を求めて人里にやってくる。

それを避けるために、事前に近隣のノール村から依頼を受けた形だ。

「しかしこのままだと、我らが倒すまでもなく駆除されてしまいそうだぞ」

「……仕方ない、二手に分かれるか」

魔物はいなくなり村は平和になりましたが証明できる素材はありません、で依頼達成を認めて貰えるような優しい職業ではない。

ここにいるやつらに邪魔をされても、悪いのは自分たちになってしまう。

会社員と違って冒険者は誰かが守ってくれることもないので、自衛をするしかないのだ。

「レーヴァ、フィーナのことを頼んだぞ」

「主は過保護だなぁ。今のフィーナなら一人でも大丈夫だろうに」

「万が一があるからな」

フィーナも出会ったときよりは強くなり、この森の入り口程度の魔物なら倒せるだろう。

だが森の中心に行けば行くほど魔物は強くなるし、先日倒したビッグフットなどはBランクの魔物でかなり凶悪だ。

もしなにかの拍子にフィーナが単独で出会ってしまえば、逃げる以外できないだろう。

「あの、リオン様もお気をつけて！」

「ふ、誰に物を言っている」

まあ、心配されるのは悪くない。

少し駆け足になりながら森を周回し、魔物を見つけては小さな魔力球で倒していく。

「倒すより、部位を剥ぎ取る方が時間がかかるな」

とはいえ証明部位が必要な以上放置するわけにもいかないので、魔術で解体する。

魔物の素材はギルドか商人に持っていけば売れるのだが、剥ぎ取り方で素材の評価が変わってしまうものだ。

元ゲーマーとしては、こういうところで手を抜きたくなかった。

『ウガァァァァァァ――――！』

「……なんだ？」

森の少し奥。

とはいえまだ浅いエリアだと思うが、そこから魔物の雄叫びが聞こえてきた。

声に込められた力は先ほど倒した魔物たちより強い。

「イレギュラーか……仕方あるまい」

放置して村が襲われても困る。

声の方へと向かうと、四人組の冒険者が一つ目の巨人、サイクロプスの群れに囲まれていた。

「見覚えがあるな。ドルチェの冒険者か……」

最初の頃にフィーナに絡んできたやつらだ。

元々Bランクの冒険者パーティーで幅を利かせていたが、俺にやられてからは大人しくしていたはず。

この森の入り口付近にいるような奴らでもないので、奥から逃げて来たのだろう。

「あ、アンタは!? 助けてく——」

俺に気づいて声を上げた瞬間、サイクロプスの棍棒に吹き飛ばされた。

それによりこれまで保っていた均衡はそれで崩れ、一気に劣勢となる。

「魔力球《ミーティア》」

次々と殺されていくサイクロプスに冒険者たちは圧倒されているが、気にする必要はない。

すぐに全滅させ、俺は彼らに近づいていく。

「おい、大丈夫か?」

「あ、あぁ……だがこいつが……」

吹き飛ばされた冒険者は、生きているが息も絶え絶えだ。

このままでは時間の問題かもしれない。

「このパーティーに回復魔術が使えるやつはいないのか?」

「いねぇよ! やべぇ、どんどん顔が青く……」

「……仕方あるまい」

回復魔術は得意ではないのだが、気休め程度にはなるだろう。

瀕死の冒険者に魔術をかけつつ、フィーナがやってくるのを待つしかない。

「大丈夫なのか!?」

「私の魔力に気づいた仲間が来れば問題ない」

腕は変な方向に曲がり、全身も骨折している。

骨が内臓に刺さっていたら、俺ではどうしようもないが――。

「ん?」

少し離れたところからフィーナたちが近づいてくるのが見えた。

「……お前たち、運が良かったな」

「え?」

「私の仲間がやってきた」

やってきたフィーナに事情を説明すると、彼女はあっという間に冒険者を治してしまう。

以前俺の心臓を刺した後でも治してしまったことを思い出すと、回復魔術に関してはすでに世界一かもしれない。

――さすがはフィーナだな。

ゲームで最強の性能を誇っていたから、ではなくこれまでの彼女を見ての評価だ。

「ありがとう！　あんたらは命の恩人だ！」

「無事で良かったです」

まったく恩を着せようとせず、笑顔で対応する姿はこの男たちにとって女神か聖女に見えたことだろう。

以前のチンピラが、今では信者のような振る舞いだ。

「できれば礼をしてぇんだが……」

「必要ない。今の貴様らに必要なのは療養を取ることだ」

「そうですよ。まずはゆっくり休んで、身体と心のケアをしてください！」

「あ、ああ……本当にありがとう！」

そもそも金銭に関しては困っていないし、冒険者としてのランクも上げようと思えばいつでも上げられる。

こいつらから貰えるものなど本当になくて……。

いや、情報があるか。

「なぜサイクロプスに襲われていたのだ？　あれは森のもっと奥にいる魔物だろう？」

「ああ……それなんだが、どうにも森の様子がおかしいみたいでな」

サイクロプスは森の奥を縄張りにしているはずの魔物。

こんな入り口付近までやってくることはないはずで、焦って逃げて来たが囲まれてしまったらしい。

「なるほど……それはだいぶおかしいな」

「サイクロプスが群れるなんて聞いたこともねぇし、まじで死ぬかと思ったぜ……」

無事だった面々が順番に話してくることを纏めると、本来いるはずのない強力な魔物がやってきたのではないか、ということ。

魔物の棲む場所では時折こうしたイレギュラーが起きる。

強い魔物がやってきてそれまでの生態系が崩れ、魔物たちが奥から追い出される形だ。

「今は龍の墓場の件で人間も増えている。そちらも関係しているかもしれないが……」

「ふん。そうだとしたら自業自得だ」

墓場を暴こうとしている人間たちに対してレーヴァは不機嫌な様子を隠さない。

こいつの立場からすれば、墓荒らしのようなものだから仕方がないだろう。

「なんにしても、事態は私たちの手に余るな」

「は?」

レーヴァが何を言ってるのだ? と言う顔をして俺を見る。

「なんだその顔は」

「いや……たしかにこの森の魔物は弱くはないが、それでも主から見たら雑魚だろ?」

「レーヴァよ」

その言葉は正しい。だが同時に、間違ってもいる。

「私たちはDランクの冒険者。そしてサイクロプスはBランクの魔物だぞ。それを無視して勝手に行動したら、ギルドにも迷惑がかかるだろうに」

「そもそも主は我のいたグラド山脈にも入ってきただろうに」

俺の言葉を真似するような言い方は、よほど呆れているらしい。

まあたしかに、自分で言っていてあまりにも演技臭さはあるとは思う。

「過去は過去。あのときは冒険者のルールも知らなかったからな」

「ほほう、今は知っているということか？」

言外に、常識を知っているのか？　と言いたげだ。

しかしそれは当然。

俺は元々サラリーマンで、常識というならこの世界の王族の誰よりも一般人目線で見られる男だぞ。

「もちろんだ。依頼は森の入り口付近にいる魔物の駆除であって、ゼピュロス大森林の調査ではない」

「そうですよレーヴァさん。それに、今はこの人たちも村まで送らないと」

フィーナの魔術でだいぶ回復したとはいえ、一人は死にかけていたのだ。

他の面々にしても疲労は隠せない様子で、このまま放っておけばこの辺りの弱い魔物にすら遅れを取りかねない。

「むぅ……治したならこれ以上は放っておけばよいものを」

レーヴァはそう言うと、不満そうな顔をしてさっさと村の方へと歩いて行ってしまう。

わざわざ手厚く保護してやる必要もないだろう、という気持ちもわかる。

とはいえ今の俺は冒険者で、手負いの者がいたら助けるのが普通だ。

「……昔の私が見たら、どう思うかな」

皇帝として多くの者を処罰してきた。

中には親や親戚に巻き込まれただけの者もいただろうし、俺を恨んでいる者も多いだろう。
それが、こんな風に人助けをするとは……。

「リオン様？」

「……なんでもない。貴様らも動けるな？　ならば私が先導するからついてこい」

今の俺はシオン・グランバニアではなく、ただのDランク冒険者のリオン。
せっかく破滅フラグを全て叩き潰して自由になったのに、自ら枷に縛られに行くなど馬鹿げたことをする必要もない。

第二章　ゼピュロス大森林の異常

ゼピュロス大森林の奥にいるはずの魔物が入り口付近にまでやってくる異常事態。

それはどうやら一度だけのことではなかったらしく、日に日に負傷者が増えていた。

龍の墓場を目当てにやってきた冒険者や騎士たちもこの状況はまずいと、撤退を始める者も増えている。

元々ノール村の依頼で魔物の間引きをしていた俺たちも、状況が変わりすぎていたためギルドより依頼が撤回され、ドルチェまで戻ることになった。


「それで、なぜ私が呼ばれたのだ?」

冒険者ギルドの奥にある会議室。

そこには先日助けたBランクの冒険者パーティーや、見覚えのある冒険者たちが集まっている。

いずれもBランク以上の実力者たちで、Dランクなのは俺だけだった。

「あんたの実力はこの街の冒険者ならみんな知ってるからな。悪いけど戦力を遊ばせてる余裕はねぇんだ」

会議室にやってきたのは、この城塞都市ドルチェのギルド長であるマイルド。

元Sランク冒険者らしく隙がなく、その実力は健在だ。

だがここ数日まともに寝ていないのか、ボサボサの茶髪に目の下には隈ができ、心底疲れ切った様子。

四十半ばであるが、それ以上に老けて見えた。

「みんな、集まって貰って悪かった。もう聞いていると思うが、ゼピュロス大森林の件だ」

マイルドは億劫な動きで会議室の奥に向かうと、俺たちを見渡してから説明を始める。

現状、なにが起きているかわからないためゼピュロス大森林は封鎖されている状態だ。

近隣の村、特に近いノール村などには騎士団が派遣され、今後の動き次第では避難させるつもりだろう。

「伯爵から正式に調査の依頼が入った。Bランク以上の冒険者は全員参加。断った場合は二ランクの降格。その代わり、報酬は通常の五倍以上を約束する」

その言葉に、冒険者たちが一瞬ざわめく。

「おいおい、そりゃやねぇよ!」

「報酬が良いのはありがてぇが、受ける依頼はこっちで決めるぜ!」

国や領主に仕える騎士と違い、冒険者たちは自由を選んだ者たちだ。

強制されることは嫌う代わりに、なにがあっても全て自己責任として生きてきた。

だからこそ、降格という脅しを含めた強制依頼は本来あってはならないはずなのだが――。

「なにがあった?」

俺の一言は、会議室に染み渡るように広がる。

皇帝として生きていた頃、話し方、タイミング、そして声の通し方、それぞれを徹底的に仕込まれた。

故にどれほどの喧騒であっても俺の言葉はしっかりと相手に伝わるのである。

「いくら魔物が異常発生しようと、領主から直接このような依頼が発生するなどおかしな話だ。なにか原因があるのだろう？」

「真龍がいる可能性が出てきた」

「「なっ――――！」」

ギルド長の言葉に、冒険者たちが驚いた顔で声を上げる。

俺もまた、その言葉に驚かざるを得ない。

真龍というのはレーヴァたち古代龍の子孫であり、世界にも数体しか目撃例のない存在だ。

研究家たちは龍を魔物ではなく神の使いとして扱うことも多く、強大な力を持っている。

「……龍が人里の近くに現れるなど、滅多にないはずだが？」

「本物かどうか、その調査だ。しかしもし本物だった場合、この街が吹き飛ぶ可能性がある」

「……」

俺がいる限りその未来は訪れないが、しかしこれで合点がいった。

領地の危機ともなれば、ドルチェ伯爵も本気で圧力をかけてくるのも当然だ。

「俺たちに死ねって言うのかよ！」

「違う！　近くには騎士団も駐在するし、いざというときは全力で逃げてくれてもいい！」

「もし龍なんかと遭遇したら逃げられるわけねぇだろ！」

騒がしくなる会議室。

俺が止めても良いが、ある程度発散させてやらねば収まりもつかないだろう。

「ギルド長、一つよろしいでしょうか？」

壁にもたれながらその様子を見ていると、金髪の少女が手を上げた。

腰には貴族のエンブレムがついた騎士剣に、凛とした佇まい。

――あれは……。

以前出会った元貴族の娘、シャルロットだ。

今まで冒険者ギルドでは見たことがなかったが、どうやら上位冒険者だったらしい。

「なぜ真龍がいると思われたのですか？　現状、ゼピュロス大森林の奥にいた魔物が入り口付近に来ているので、本来は森にいない魔物が現れた、というのは理解できますが……」

「騎士団が龍と思わしき雄叫びを聞いたんだよ」

「なるほど……では改めて聞きますが、確定ではないのですね？」

「ああ。あくまでも調査だ。そもそも『龍の雄叫び』なんて聞いたことあるやついないからな」

古代龍の悲鳴は聞いたことがあるが、とは言わない。

「元々、龍の墓場があるなんて噂が流れたところだ。この異常事態と雄叫びで一部のやつらが騒いでいるだけだろう。信憑性は薄い、と俺は思っている」

「……わかりました。ところで、そんな危険な場所に彼を？」

「ん？」

突然シャルロットは俺を訝しげに見てくる。

「彼はDランクなんですよね？」

「あいつはいいんだよ。そこらにいる冒険者よりずっと強いからな」

「彼が強いのはわかります。しかし強ければいいなら、Aランクにでもすればいい。そうではないから冒険者にはランクがあるはずですが？」

「うぐ……」

ギルド長はシャルロットに言い負かされそうになり、口を紡ぐ。

まあたしかに、彼女の言う通りだ。

荒事が多いため強さは必要とはいえ、冒険者はそれだけではない。

未開の土地を開拓するためのサバイバル能力や調査のための知識など、上位になればなるほど求められるものが増える。

魔物の討伐はあくまで依頼の一つでしかなく、冒険者は強ければ良い、というわけではないのだ。

今回、依頼で断った場合が降格なのに受けた場合は昇格ではなく報酬を上乗せしているのも、その辺りが関係しているのだろう。

「はぁ……仕方がありませんね」

「ん？」

シャルロットは一度ため息を吐くと、俺の方へとやってくる。

「私が一緒に行きましょう。そうすれば少しは安全なはず――」

「いや、いらんが」

別にサバイバル知識はあるし、これまで旅をしてきても問題はなかったから必要などない。

むしろ下手に俺の正体を知らない人間が近くにいる方が厄介であるくらいだ。

「……」

会議室に気まずい空気が流れ、俺とシャルロットの視線が合うと、彼女はキッと俺を睨みつけてきた。

「……私は単独でAランクになりました」

「ふむ……」

「貴方の実力が高いのは認めます。しかし森での動き方、情報収集能力、そしていざというときの判断。それらが総合的に必要な依頼です。何かがあってからでは遅いのですよ」

俺の実力を知る冒険者たちがシャルロットを見て、もうその辺で止めとけ、という目をしている。

しかし実際に止めないのは、実力で彼女に勝てる者がいないからだろう。

――そういえば、あの騎士は強かったな。

ふと、彼女の父であるビスマルク男爵を思い出す。

クーデターを潰したとき、俺自身まだ未熟だったこともあって苦戦した男。

豪快な騎士であったやつに比べれば、小柄な少女であるが、その瞳はよく似ている。

「……おいシャルロット、その辺で――」

「わかった」

「え？」

「彼女の世話になろう」

突然意見を翻したせいか、シャルロットが呆気にとられた顔をする。

周囲の冒険者たちやギルド長も同じで、よほど俺の返答が予想外だったらしい。

最初にBランクの冒険者たちを叩き潰して以来、遠巻きに見られていたから仕方がないが……。

――別に、誰とも関わらない、などと言うつもりはなかったのだがな。

実際、受付嬢のメルとはきちんとコミュニケーションを取っているつもりだ。

「それで結局、全員参加するということでいいのか？」

俺が見渡すと、冒険者たちは渋々といった雰囲気。

とはいえ出て行かない以上、受けるということで良さそうだ。

――二ランク下がるのはあまりにも重い罰だしな。

ここにいる冒険者たちは上位にいる者ばかりだからこそ、その重みを知っている。

かといって、伯爵の依頼を無碍にすれば、後が怖い。

「悪いな、帝都の冒険者ギルドにも応援を頼んでるからよ」

「帝都か……」

いちおう、ジークにも現状を伝えておくか。

俺の動向は把握しているはずだが、増援を送るかどうか判断が必要だろうしな。

「ん？」

ふと、妙な視線を感じて周囲を見る。

冒険者たちが声を潜めながらなにかを言い合っていることに気がついた。

いったいなんだ？　と思っているとギルド長が気まずそうに口を開く。

「お前、やっぱり女には優しいんだな」

「は？」

「いや、俺も男だし気持ちはわかるが、あんまりやり過ぎると恨みを買うからほどほどにしとけよ」

「私にそんな気は……」

言い返そうとして、自分のパーティーを思い出す。

フィーナ、レーヴァと、誰が見ても将来は傾国が頭につくレベルの美少女だ。

それに受付嬢のメルと交流を持っていながら、他の冒険者たちとはほぼ会話をしてこなかった。

加えて今回の件、シャルロットに折れた俺はたしかに女目的の男、と見られてもおかしくはないかもしれない。

「……」

シャルロットも胡乱《うろん》げな目で見てくる。

心なしか身体を抱きしめて、警戒している様子だ。

「はぁ。そんなつもりはない」

だから冒険者たちもひそひそ話は止めろ。そういうのは意外とメンタルに来るんだぞ。

とはいえ、ここでむきになって否定しても怪しいだけ。

ここで取れる手段は――。

「私たちは準備をして出発する。行くぞシャルロット、仲間を紹介するからついて来い」

「え、ええ……いや、私が先導するのであってですね——」

俺が会議室の扉から出ると、シャルロットがなにか言いながらついてくる。

戦略的撤退。

たとえ後でどんな噂が流れようとも、今が無事であればなんとでも挽回できる。

……先に、フィーナたちには事情を説明しておくか。

そう考えながら、シャルロットとともに宿に向かうのであった。


シャルロットを連れて歩くと、ときおり不快な視線を感じる。

彼女が美少女だからやっかみか？　と思ったがどうやら視線の矛先は俺ではなく彼女の方。

「……申し訳ありません」

「なんだ急に？」

「私が組めばこのような視線に晒されるのに、無理矢理組む形を取ってしまいました」

シャルロットは立ち止まると、その場で頭を下げる。

とはいえ、それは最初から分かっていたことだ。

「たとえビスマルク家の者だろうと、私は気にしない」

「知っておられたのですか？」

「まあ、その剣を見ればな」

腰の剣にはビスマルク家の紋章。

すでに取り潰しになった貴族の家でありながら、それを持ち続けるのは彼女なりの矜持なのだろう。

それでも気まずさはあるのか、目を伏せながら不安そうに剣に触れる。

「私は裏切りの騎士の娘です」

「別に貴様が裏切ったわけではあるまい」

「それでも、私はこの剣を捨てられなかったので」

たしかにビスマルク家は帝国を裏切った騎士。

とはいえ寄親の問題が大きかった。

本来なら三代先まで処刑をされるべき重罪だが、情状酌量の余地ありとされて、帝国は当主本人のみを処刑。

そしてすでにビスマルク家は取り潰されている。

「すでに帝国による判決は下り、貴様は生きることを許された。ならば私が気にすることはない」

「……貴方は変わった方ですね」

「同じ人間など一人としておらんよ」

止めていた足を動かすと、彼女はそれからなにも言わずただついてくる。

――シャルロット・ビスマルクか。

もし彼女が俺の正体を知ったらどう思うだろうか?

父の処刑となる原因は間違いなく俺にあり、彼女の運命を辛く厳しいものにした存在そのものだ。

「貴様は帝国を恨んでいるか？」

「恨んでなどいません。あれだけのことをして温情を与えてくれた前皇帝陛下には感謝すらしています」

「……そうか」

それが本心かどうかはわからないが、彼女はただ運命を受け入れるだけの弱い少女ではないのはわかった。

「貴様は強いのだな」

俺の言葉にシャルロットはきょとんとした表情で俺を見る。

そして柔らかく微笑みながら、首を横に振った。

「本当に強かったらもっと早くSランク冒険者になって、どこかの家の騎士に取り立てて貰えていますよ」

以前出会ったSランク冒険者のマーカスを、皇帝であった俺は知らなかった。

俺に余裕がなかったということもあるが、貴族たちの話題にはほとんど挙がらないことが大きい。

この国の貴族たちから見た場合、騎士の地位が高く冒険者は低いのだ。

「この国で冒険者から騎士は難しい、か……」

「そうですね。ですが、それが一番の近道でもあります」

たとえSランクになっても、貴族はそう簡単には認めないだろう。

それでも彼女はその道を選んだ。

「なので今回の件はチャンスなんです。ランクアップの査定は通常通りという話ですが、それでも注目度は段違いですから」

「そうだな。いざとなれば私が口利きをしてやろう」

「Dランク冒険者の貴方が？　ふふ、それはありがたいですね」

シャルロットが笑う。

どうやら冗談を言っていると思われたらしい。

俺が本気になったら騎士どころか、上級貴族にだってなれるというのに失礼なやつだ。

とはいえ今の皇帝はジークで、退いた俺が出しゃばるのもよくないし、よほどのことがなければ口出しもするつもりはない。

ただ――。

「少なくとも、実力を証明しない限りは推薦してやらんからな」

「ええ、それでは存分に証明させていただきますよ」

別にこれは同情や後ろめたさから来ている言葉ではない。

俺も帝国も元々実力主義。

本当に実力があるというなら、冒険者よりも騎士として働かせた方が有意義だから当然の判断だ。

宿に戻ると、昼間だというのにレーヴァがベッドで居眠りをしていた。

「フィーナ。なぜこいつはこんな時間まで惰眠を貪っている？」

「えっと、夜更かしでもしたのかも……」

「そうか」

人が朝早くからギルドに行って、しかも余計な疑いを持たれてきたというのに、この駄龍め。

寝間着から腹を出して、ずいぶんと気持ち良さそうではないか。

「おい、起きろ」

「ぎゃ——!?」

ベッドのシーツを掴み、テーブルクロス引きの要領で思いきり引っ張ると、シーツと一緒にレーヴァがベッドから落ちた。

……これは失敗だからわざとではない。

本当はもっと上手く転がして、ベッドに残す予定だったのだ。

「主! いったいなんだいきなり!」

「もう昼間だというのにいつまで寝てるつもりだ?」

「今日は依頼もなくて休みだと言ってたではないか! だったらいくら寝ててもいいはずだ!」

不満げに怒ってくるが、休みだったらいつまでも寝ていて良いなどと躾けた記憶などない。

デコピンを一発打つと、レーヴァはベッドに転がって涙目でこちらを睨みつけてきた。

「ギルドでの話をするからさっさと着替えろ」

「むぅ……あ」

なにかを思いついたのか、レーヴァはいやらしい目をしてこちらを見てくる。

「主は我の着替えが見たいなんて主はロリ——」

「もう一発デコピンを喰らいたいのか?」

「……」

さっとおでこに手を当てて身を守りながら怯えた表情。

まったく、怯えるなら余計なことを言わず、素直に言うことを聞けばいいものを。

「私は下の食堂にいる。フィーナ、こいつが二度寝しないように見張っておいてくれ」

「あ、はい」

そうして扉から出ようとしたところで、シャルロットのことを言わないといけないことを思い出した。

「ああ。そういえば臨時だが一人パーティーが増える」

「え?」

「なに?」

二人揃って訝しげな表情。

どうやら俺が同行を認めたことが意外のようだ。

「詳しいことはあとで話すから、着替えたら降りてくるように」

そして今度こそ扉から出て、食堂に降りていくのであった。


俺たちが借りている宿は一階が酒場で、二階が宿場になっている。

冒険者のほとんどが根無し草のその日暮らしが多いため、こういう場所は特に重宝されるものだ。

とはいえ、今は太陽も昇りきった真っ昼間。

夜は騒がしいこの宿も、今は冒険者たちもほとんど出払っていて閑古鳥が鳴いている状態だった。

「リオン様、そちらの方は？」

「なんだ主。また女でも引っかけてきたのか？」

シャルロットと食堂で待ってしばらく、二人が部屋から降りてくる。

「リオン様？　主？　貴方は女性にそんな呼び方をさせているのですか？」

さっそくシャルロットが怪しい男を見る目でこちらを見てくる。

「悪いのか？」

「む……？　いえ、個人間のことにまで口を出すのは良くなかったですね」

お堅いタイプかと思ったが、意外とそこは許してくるらしい。

まあ実際、冒険者であるなら主従関係が見える呼び方をしない方がいいのもまた事実。

魔物が相手ならともかく、盗賊など人間が相手の場合は指示系統がバレて狙われてしまうからだ。

――もっとも、俺を狙って倒せる者がいるならやってみろ、と思うが。

「それで主、この金髪の女はなんだ？　ギルドに呼び出されたことと関係があるのか？」

「そうだな、まずはその話をするか」

軽く名前だけお互いに伝えたあと、俺は先ほどのことを二人に話す。

ゼピュロス大森林の異常事態については二人も認識していたが、その原因が龍の可能性があると聞くと驚きを隠せない様子だった。

「それに領主による強制依頼ですか。あまり過去にない事例ですよね」

「依頼を断ったら二ランク降格とは、相当本気だな」

「ああ。やはり現場でもかなり揉めた」

とはいえ、Dランクの俺が特に問題なく受けると言ったのだ。

プライドの高い冒険者たちのやつらはもう引くに引けない状況だろう。

「そして低ランクの私たちでは危険だと、このシャルロットがついて来ることになった」

「ほ、ほう……危険、か。それはそれは……うむ、なんと言えば良いのだろうな」

レーヴァがちょっと引き攣った顔をしている。

今回話題に上がっている真龍は古代龍の子孫であるが、その力は劣る。

古代龍であるレーヴァをボコボコにした俺に対して、どんな危険があるのかと思っているのだろう。

「シャルロットはAランクの冒険者だ。頼りになる」

どの口が、という視線を向けるのは止めろ。

実際、戦闘能力があまり高くないフィーナの護衛としては十分な力量の持ち主なのだ。

俺とレーヴァが離れていても守ってやれるのはありがたい話でもあった。

「剣には自信があります。レーヴァさんとフィーナさんはお守りしますよ」

「……主よ、これどうするのだ？」

「百聞は一見にしかず。実際に見て貰ってから説明する」

「そうか。なら今はなにも言わんが、ちょっと悪趣味だと思うぞ」

どうやら俺の考えていることを理解しているらしく、ちょっとジト目で見てくる。

シャルロットはなんのことかわかっていないようで首を傾げていた。


翌日。

ゼピュロス大森林に入った俺たちは、Bランクの冒険者たちが苦戦するような魔物たちの群れを殲滅。

唖然としているシャルロットの顔は中々見物だと思ったのは内緒である。

第三章　龍の墓場

迫り来る魔物を俺が魔術でなぎ払い、レーヴァが殴り飛ばす。

別の魔物を俺が殴る。レーヴァが炎を操り滅ぼしてしまう。

そうして森を進んでいると――。

「な、なんなのだ貴方たちはぁぁぁぁ!?」

初日の探索を終え、森の奥地で野営の準備をしていると、突然シャルロットが声を上げた。

そろそろ言われると思っていたが、意外と遅かったな。

「シャルロットさん、どうされたんですか?」

「どうしたもこうしたもありません！　この二人！　Bランクの魔物を小動物かなにかと勘違いしてるんじゃないんですか!?」

二人、というのは俺とレーヴァのことである。

ギルドの危惧したとおり、ゼピュロス大森林の異常は広がりを見せ、入り口付近ですら上位ランクの魔物たちが蔓延るようになっていた。

さすがにこれはまずいと、騎士団と冒険者が協力して対応を始めたのだが、俺たちはその隙に奥まで進んでいる。

別に実力を隠すつもりはないが、あまり周囲の目がありすぎるのも問題だからだ。

「勘違いなどしていない」

「そうだぞ。ちゃんと魔物と認識しているから殺してるな！」

「そういう話ではありません！」

最初はちゃんとシャルロットに魔物を任せるなど、配慮をしていたのだ。

さすがは単独でAランクになるだけあって、入り口付近であれば問題なく倒せることも見越してな。

多少の怪我もしたが、それはフィーナが治せば問題ない。

結果、一人戦いながら奥に奥に進み、魔物が出る度に足止めを喰らうことを面倒になった俺とレーヴァが前に出始め――。

「瞬殺！　Aランク冒険者の私でも苦戦するような魔物たちが、瞬殺！」

「まあ、雑魚だからな」

「雑魚なわけあるかぁぁぁ！」

中々面白い反応をしてくれるのでつい揶揄ってしまう。

実際、魔物のランク的には雑魚というわけではないのだが、それでもグラド山脈よりは弱い。

この程度なら帝都の騎士でも十分対応できるレベルだ。

そもそも、俺たちを少しでも苦戦させようと思ったら、それこそ天界や異界などで覇を競うような相手を連れて来いという話。

地上の魔物程度が相手では、当然の結果と言えよう。

「だから我は悪趣味だと言ったのだ」

「そういうお前もノリノリだったではないか」

以前エルフの里で調子に乗っていたみたいに、自分の力をシャルロットに見せびらかして喜んでいたのを俺は見たぞ。

「フィーナ殿ぉ……あの二人はおかしいですよねぇ？」

「あはは、先にお伝えしておけば良かったですね」

野営準備の手を止めないままそんな会話をしていると、どうやら味方はフィーナだけだと思ったらしく愚痴を言い始めた。

伝えていても信じなかったと思うが、たしかにちょっと意地が悪かったかもしれん。

「まあシャルロットも決して弱くはないのだがな」

「人はどれも一緒に見える」

「私もか？」

「主は人じゃないだろ？」

「いや、人だが？」

なにをさらっと人外扱いしているのだこいつは。

シャルロットの実力はAランクの平均よりもずっと強く、これならSランクになるのも時間の問題だろう。

こいつが本気になれば、この森を一人でも十分探索できるはず。

「それで、実際に龍はいるのか？」

「なぜ我にそれを聞く？」

「貴様なら同族の気配を感じ取れるだろう」

「……いる」

「そうか」

やはりいるのか。

たしかにこの森の雰囲気は異常だ。

どの魔物たちもどこか恐れを抱いており、自分よりも弱いであろう人を見つけて安心したように変わる。

「それなら見に行くか」

「退治はしないのか？」

「襲いかかってきたら返り討ちにするが、そうでないならどこか人の手の届かない場所に行って貰うだけだ」


実際、龍を見るのはテンションが上がるので見たい、とは思っている。

レーヴァの龍姿も実は好きなのだ。

「主はやはり普通じゃないなぁ」

「そんなこと今更だろう？」


野営地が完成した頃、料理を作っていたフィーナが俺たちを呼びに来た。

年齢が近いからかいつの間にかシャルロットと仲良くなったらしく、二人は華やかに会話をする。

俺はそれを目の保養だな、と思いつつ食事に手をつけた。


夜、テントの外にある岩の上に座り星を見ていると、シャルロットが出てきた。

「どうした？　休まないと明日に響くぞ」

「それは貴方もでしょう。フィーナ殿が結界を張ったから大丈夫と言っていたではありませんか」

どうやら俺が嘘を吐いて、一人見張りをしていると思ったらしい。

結界は本当に張ってあるから大丈夫なのだが、まあフィーナが元聖女と知らなければそう思っても仕方がないかもしれない。

「私は星を見ているだけだ」

「星を？」

俺につられて彼女も空を見上げる。

そこには大きな月と星々が広がっていた。

ここがかつていた世界ではなく、愛すべき『幻想のアルカディア』の世界だと再認識させてくれる美しい光景。

「私は無限の宝石よりも輝く空が好きなのだよ」

「……ずいぶんとロマンチストなのですね」

「そういう教育を受けてきたからな」

こんな言葉は前世では口が裂けても言えなかっただろう。

シオン・グランバニアに転生したからこそ違和感がないが、普通だったら少し痛いやつかもしれない。

シャルロットはしばらく無言で空を見上げ、やがて岩に上り隣に座る。

「私は強くなったと思っていました」

「実際、十分な実力を持っていると思うぞ」

「貴方がそれを言いますか……」

シャルロットは少し呆れた様子だが、これは本心だ。

「私が見てきた中であれば、百番以内には入っているぞ」

「百番か……百番ですか……」

不満そうな顔だ。

たしかに百番といえば微妙に聞こえるかもしれないが、俺は皇帝として多くの騎士を見てきたし、彼らを鍛えてもきた。

平均してみると冒険者より質の高い騎士たち。

その中でも最上位を手中に置いてきたのだ。

さらにレーヴァやアストライア、それに数に入れるのも業腹だがクヴァール教団も凄腕揃い。

そんな人間たちを含めた中で百番以内というのは、相当な実力者に入るのだがな。

「少なくともドルチェの冒険者の中では一番強いと思っていましたが、ただの思い上がりだったみたいです」

「私たちがいなければ一番だっただろうさ」

ギルド長のマイルドも全盛期は過ぎているし、他の冒険者より強いのは間違いない。

とはいえ、力をつけるためには環境や立場というのは重要だ。

厳しい環境の中で立場を得られれば自信もつき、自分で考えるということを覚えて、結果を出せれば更なる自信となる。

失敗して折れる者ももちろんいるが、次の成功に向けて糧にできるのであれば、それは新たな力となるだろう。

実力というのは、ただ漠然と生きているだけでついてくるものではない。

意思を持って生きるからこそ、人は強くなれるのだ。

「私の故郷に、井の中の蛙大海を知らず、という言葉があってな。今の貴様はまさにそれだ」

「私が蛙ということでしょうか？」

「それを決めるのは貴様だ。私から言えることは、この世界は広く素晴らしい、ということだな」

「……」

お節介な言葉だ。

彼女の父親を殺したからか、つい世話を焼いてしまっている。

「貴方について行けば、視野は広がるのでしょうか？」

「さてな。少なくとも私は、ついて来れない者を待ってやる気はない」

「そうですか……」

俺の遠回しな拒否は、彼女にもちゃんと伝わったらしい。

回復魔術の才能がずば抜けているフィーナ、古代龍のレーヴァに比べてシャルロットはあまりにも『普通』だ。

強い力に力は寄ってくる。

俺がいる限りどんな危険も返り討ちにするつもりだが、それでも彼女ではついて来られないだろう。

そしてその先に待っているのは……。

「ただ貴様は今、大海を知った。ならば本来の目的もきっと達成できるさ」

「そうですね。それに、実力を見せれば貴方が私を推薦してくれるのでしょう?」

「実力を見せれば、な」

普通、と断じたが決して弱いわけではない。

なにより俺を恨んでいないと言い、前を向き進む強い心は美しいと思った。

このまま帝国騎士に推薦しても構わないのだが、さすがにそれは周囲の環境や彼女の出自的に誰も納得をしないだろう。

——ビスマルク家の騎士だったという過去も気にしない家を探しておいてやるか。

「貴方が何者か、聞くのは止めておきますね」

「私はただのDランク冒険者だよ」

「はは、まったく詐欺みたいな話です」

最初に出会ったときに比べ、だいぶ表情が柔らかく笑うようになった。

おそらくこれが彼女の素なのだろう。

「さて、そろそろ寝るとしよう。明日は一気に奥まで調査をしてしまうぞ」

「はい。置いて行かれないよう、ついて行きますね」

フィーナの結界があるので、ある程度の魔物たちであれば入ってこられず安全だ。

俺たちはそのままテントに戻るのであった。


翌日。

昨夜の宣言通り、俺たちは森の奥へと足を進めていく。

「はぁぁぁ！」

奥に行くにつれて魔物たちは強力になっていくが、それでもシャルロットは剣一本で倒していく。

元々護衛としてついてきただけあり、多少数が多くても問題ない様子だ。

「我がやった方が早いがな」

「駄目ですよレーヴァさん。シャルロットさんが自分でやるって言ってるんですから」

「そうだぞ。疲れるまで好きにやらせるといい」

「……主は昨日まで我側だったくせに」

強くなるには実戦が一番。

俺やレーヴァがいる以上イレギュラー的な魔物が現れても安全は確保され、フィーナがいるのでシャルロットの怪我はなんとでもなる。

つまり、この環境はまさしく安全にレベリングができる状況なのだ。

「私はサブキャラもカンストさせるタイプだったからな」

「貴方はなにを言っているんですか？」

とりあえず周囲の魔物を倒しきったシャルロットが、汗を拭きながら戻ってくる。

剣には血がついているが、怪我はしていない様子。

「安全に戦いの経験の積めるのも悪くはない、という話だ」

「まあ、たしかに鍛錬においてこれほど贅沢な環境はないかもしれませんね」

シャルロットは自分が倒した魔物の死骸を見る。

たった一人の冒険者がやった成果としては破格のものだ。

「正直、安全が確保されていなかったら、動きが鈍っていたかもしれません」

もし彼女が一人だったら殺されていたかもしれない、と自覚はしているらしい。

数が増えたら手を貸すつもりだったのだが、どんどん動きが良くなっていく姿を見るのは楽しく、つい静観してしまった。

「ビスマルク、か……」

剛剣で名高く、多くの敵を突き進みこの身に剣を向けた豪快な男。

そんな、生きていれば多くの名声を手にしたであろう騎士を思い出した。

「リオン殿は父に会ったことがあるのですか？」

「……さてな」

最終的に殺すきっかけになった男だ、とは言うつもりはない。

あれは俺も、そしてやつ自身も納得した結果だからだ。

「それより、そろそろ本格的に探索を始めるぞ」

広大な森ではあるが、二日かけてすでに森の中心地にだいぶ近い位置までやってきた。

本当に龍がいるとしたらこの奥のはず。

ゲームと違い魔物も無限にポップするわけではないが、それでもあまり時間が経つと魔物たちが再びやってくるので、俺たちは動き出した。

「龍……お伽噺でしか見たことないが、いったいどんな存在なのでしょうね……」

「我は強くて格好良いと思うぞ」

シャルロットとレーヴァが会話をしながら、なにか痕跡がないかを調べ始める。

自身の正体を隠して龍の評判を上げようとしているな。

そういうのはステマと言うんだぞ。

「それだとロマンがありますが、意外と不細工な魔物だったりするかもしれませんよ」

シャルロットの何気ない言葉に、レーヴァがなんとも言えない顔をした。

お前が話しているのが龍だ、とは言ったらどんな反応をするか、少し興味が沸いてきた。

――こっちだよ。

「ん？」

ふと、なにかに呼ばれたような気がする。

しかし辺りを見渡してもあるのは森と魔物の死骸だけ。

だがこれが勘違いでないことは、レーヴァの顔を見ればわかる。

どうやらやつにも聞こえたらしい。

なにも言わないのは、元々龍の墓場を暴くことに否定的だからだろう。

「……あっちか」

フィーナとシャルロットはなにも聞こえていないのか、変わらず痕跡を探していた。

――さて、どうするか……。

俺は一瞬だけレーヴァを見て、連れて行くのを止める。

「フィーナ、こっちに来い」

「え？　どうされましたか？」

顔を上げて俺の方にやってくる彼女を横に、未だ悩ましい顔をしているシャルロットに声をかけた。

「シャルロット、レーヴァを置いていくから、この辺りの調査を任せるぞ。私たちはあちらを見てくる」

「はい、わかりました！」

「あ、主！　そっちは！」

俺がフィーナを連れて行こうとすると、レーヴァが焦ったような顔をする。

「なんだ？」

「うぐ……」

言いたいことはあるが言えない。

そんな雰囲気で口を紡ぐ。

「なんでもないなら行くぞ。二手に分かれた方が効率がいいし、安全を考えれば私とお前は別れる必要がある」

「……わかった」

俺は龍の墓場が見たいだけで、無理矢理暴く気はない。

そんな俺の意図は伝わったのか、レーヴァはそれ以上なにも言わず背を向けた。

「あの、リオン様？」

「気にするな。行くぞ」

レーヴァたちと離れてもう少し森の奥へと足を進めていく。

――こっちこっち。

しばらくして、そんな声とともに強力な力を感じた。

今回はフィーナも感じ取れたのか、驚いた顔で俺を見る。

「あちらか」

そうして気配のする方へと向かうと、突然空間が歪み不思議な感覚に陥る。

まるで前を進んでいるのに後ろに向かっているような、落ちているのに空を飛んでいるような……。

かつてアストライアが天界にした神々の楽園《ヴァルハラ》に踏み込んだような感覚だが、あのときと明確に違うのは出た場所が楽園からほど遠いような荒野だったこと。

「こ、ここはいったい!?」

「フィーナ、私から離れるなよ」

「は、はい！」

つい先ほどまでいた森とは一転、植物など一つもないような荒野の世界。

少し風が吹けば粉塵が舞い、視界を一瞬遮ってくる。

その一瞬――。

「え?」

「……」

フィーナが驚いた声を上げ、俺も声にはしなかったが内心で少し驚いた。

粉塵が消えた瞬間、先ほどまではいなかった幼い少女が座り込んでいたからだ。

膝を抱えているのか、黒いぼろきれを纏った小さく丸まった背中。

そしてその正面には、骨だけとなった龍の死骸。

「リオン様、あの子は……?」

「龍、だろうな」

龍と思わしき幼い少女が不意にこちらに振り返る。

ボサボサの白い髪に黄金の瞳、そして額に小さな角。

年は五歳程度で、ボロボロの黒いマントを羽織っている。

――気配はレーヴァに近いが、雰囲気が……。

こちらに対して敵意はなく、純粋無垢な瞳は悪意を知らない澄んだもの。

たとえ見た目が幼女であっても、龍であるならば長く生きた可能性もある。

だが彼女の場合は、本当に年相応の雰囲気に思えた。

「これが龍の墓……」

その名の通り長い刻を生きる龍が、己の死を決めた場所。

誰にも荒らされないよう静かな場所で最期を過ごすと聞いていたが、次元を超えていたとは……。

「なるほど、見つからないわけだ」

予想はしていたが、神クラスの力がなければできない芸当。

とすれば、死にかけの龍では無理な業だとも思っていたが、どうやらその力は俺の想像を超えているらしい。

「さて、どうしたものか」

死龍の傍に残るあの少女こそ次世代の龍だろう。

俺は龍の方へと向かって歩き出す。

彼女はなにも言わず、ただぼうっと俺を見ていた。

だが突然立ち上がると、親だと思われる龍の方へと駆けていく。

「む？」

なんだ？　と思うと同時に空から甲高い魔物の声。

見上げると、竜の群れがこちらにやってくるところだった。

「竜か。まったく、たかがトカゲに羽根が生えただけの魔物が邪魔をしてくれる」

よく勘違いされるが、竜と龍はまったく別の生き物だ。

しかし何故か昔から龍の近くには竜がいる。

——今度、その辺りをレーヴァに聞いてみるか。

幼女は死龍の骨に隠れるようにして、竜を見上げていた。

「このままではゆっくり話もできんな」

「リオン様、来ます！」

相手が獲物か天敵か、それすらも理解できない獣め。

「死ね」

魔力球を空に向かって解き放つと、それらは正確に竜を打ち抜いていく。

ボタボタと地上に落ちる竜を見ると、以前のグラド山脈のことを思い出した。

この光景をシャルロットに見られたらまた面倒になりそうだな。

「リオン様、さすがです！」

「この程度当然だ。さて……」

やってきた竜は全滅。

見上げていた少女は、口を開けたままこちらを見ている。

——なんだその表情は？

怯えているわけではなく、ただなにかを確かめるように真っ直ぐな瞳。

なんとなく俺も視線を逸らすことができず、無言の時間が続く。

しばらくその状態が続くと、不意に少女が死骸の中から出てきた。

「あ、出てきましたね」

「どうしたものか」

こちらから近づいてもいいが、それで逃げられては元も子もない。

様子を窺っていると、少女は地面に倒れる竜の死体を避けながら近づいてきた。

そして俺たちの前に辿り着くと、しばらくじっと見上げ――。

「……ぱぱ？」

「……」

とんでもない言葉を言い放った。

「ぱ、ぱぱ……？　リオン様、いつの間に……？」

「フィーナ、ふざけるな。私にこんな大きな娘がいたら、帝国は大騒ぎになっている」

「あ、そ、そうですよね。ええ、もちろんわかってましたよ？」

焦ったように視線を逸らすフィーナ。

「でもこうして見ると、リオン様も黄金の瞳でしたし実は本当に親子なのでは……？」

小さくそう呟いたのが聞こえてきた。

――まさかこいつ、冗談じゃなくて本気で言ってたんじゃないよな？

元々教会によって蝶よ花よと育てられた箱入り娘だ。

本気にしていてもおかしくはないが、これくらいの常識は持っていて欲しいのだが……。

「ぱぱ？」

不思議そうに首を傾げて見上げる少女に対して、俺は返答に困った。

頭の上に小さく生やした二本の角があり、この子はまず間違いなく人間ではない。

すでに自分の意思で動く程度の知性ももう十分あるのだろう。

身に宿している力はそこらの魔物の比ではないし、このような場所にいる時点で恐らく『龍』なのは想像もできた。

「駄目というか……そもそもお前の本当の親はどこだ？」

もしまかり間違ってこの龍を連れて帰って、その親が激怒でもしようものなら被害がまずいことになる。

もちろん俺は相手が真龍であろうと負ける気はしないが、さすがに子を攫って怒った相手と戦う気はなかった。

「えっと……」

少女は自分が隠れていた龍の死骸を見る。

「そうか」

それだけで、彼女の親はもうすでに死んでいることがわかった。

龍の死骸は永い時によって肉が風化され、骨だけとなっている。

どのようにして種を次世代に紡ぐのかは知らないが、この場所で永い時間を過ごしてきたのだろう。

「だめ？」

「リオン様……」

フィーナはこの龍を可哀想な存在として見ている。

生物というのは生まれたときから本能で庇護する者を求めるもの。

人間であれ、犬であれ、ライオンであれ、あれほど無防備に手を伸ばすのは一人では生きていけないからだ。

そして大人も本能で、それは正しいものだと理解し、たとえ種族が違っても助けることがある。

だからフィーナの行動は生物として正しい。

――だが龍は神に匹敵する全種族の頂点だ。

生まれつき最強であり、本来は誰かの庇護下に入ることなどあり得ない。

それでも誰かに庇護を求めるということは、己を危険に晒す外敵がいるということ。

「……まあいいか」

どうせもう、俺を縛る物はなにもないのだ。

好きに生きると決めたし、龍をすでに一体連れているのだから今更だろう。

――ついでに世話もさせられるしな。

少女の頭を撫でる。

それが俺をパパと呼んで良い合図とわかったのか、少女は少しだけ顔をほころばせる。

「一緒に来るか？」

「ん」

あまり表情の変わらないやつだが、まあいいだろう。

俺のパーティーのメンバーはどうも感情が顔に出るやつばかりだし、これくらいが丁度良い。

「リオン様！」

こんな感じで、自分のことじゃないのに何故か全力でありがとうございます！　と喜びを体現してる聖女とかな。

「私はフィーナと言います。貴方のお名前は？」

「……」

フィーナはしゃがんで視線を合わせながら尋ねる。

子どもが好きなのか、生来のものか、優しい雰囲気はすぐに仲良くなれそうだ。

「まま……」

「っ——!?」

一瞬嬉しそうな顔でこちらを見る。

「じゃない」

「そんなぁ……」

だが次の一言でショックを受けて涙目になった。

本当に感情豊かなやつだ。

「まあ自分を守ってくれる者を探しているのだろう」

「わ、私守りますよ！　全力で、ママとして！」

「たしかにフィーナの結界魔術はかなりのものだが……」

とはいえ、龍が庇護を求めるほどの相手だ。

ゲーム最終時点ならともかく、成長過程のフィーナでは荷が重いだろう。

「お前も含めて、私が守る」

「あぅ……」

また顔を赤くする。

たしかに今のは自分で言っててなんだが、少し臭すぎたな。

「それで名は？　聞かれたら答えるものだ」

「……ミスティルテイン」

「私はリオンだ。呼び方だが――」

「ぱぱ」

「……いや、その呼び方は」

「ぱぱ」

「……」

確固たる意思が込められた声だった。

これは無理矢理変えようとしても無理だとわかる。

「……はぁ、仕方あるまい」

こちらが折れたのがわかったのか、無表情の中に少し得意げな雰囲気を感じた。

「あのミスティルテインちゃん。私のことをママと呼んでもいいんですよ？」

「……」

フィーナの言葉にミスティルテインが再び悩むように見上げる。

重い沈黙が辺りを包み、そして一言。

「フィナ」

「……うぅ」

どうやらママとは認められなかったらしい。

しかしフィーナなどまだ十六歳でママと呼ばれたいような年齢でもなかろうに、なぜそんなに拘るのか。

というか、短くしているのはママに近づけた結果か？

などと思っていたら、ズボンを引っ張られた。

「どうした？」

「ミスティ」

「ん？　ああ、呼び方か」

自分のことを指さしながら突然言うのだからなにかと思ったが、どうやら自分の呼び名らしい。

「わかった、お前のことはミスティと呼ぼう」

「ん」

そういうと両手を挙げてきた。

どうやら抱っこをしろという合図らしい。

――中々ふてぶていしいなこいつ。

まあ年齢はともかく、見た目と精神はそのまま子どもなのだろう。

抱き上げて腕で支えてやると、嬉しそうな気持ちが伝わってきた。

「フィナよりたかい」

「そうか。暴れて落ちないようにな」

「ん」

自分の小さな手をフィーナの頭に乗せて満足げだ。

フィーナはフィーナで、そんなミスティが可愛いのか頬が完全に緩んでいる。

「あ、あのリオン様！　私にも抱っこをさせてもらえませんか？」

「それは私ではなくミスティに聞いてみろ」

「ミスティちゃん！」

「ぱぱがいい」

即答だった。

「うぅぅ……」

「まあ子どもなど気分一つで変わるものだ。あとでまた聞いてみるといい」

「はい……そうします」

しかし、基本的にこれまで恐れられてきたので、こうして懐かれるのは悪い気がしないな。

完全にショックを受けているフィーナを慰め、いい加減来た道を戻ろうと思ったところで、強大な力を感じた。

力は、龍の死骸からだな。

「……」

「リオン様？」

悪意はない。

せいぜいこちらの様子を伺う程度で、危害を加える気はなさそうだ。

ならば構う必要もないだろう。

来たときとは反対にしばらく歩くと、強い力が一瞬発生し、空間が歪む。

「帰るぞ。龍のことならレーヴァに聞けばなにかわかるだろう」

「はい」

「ん」

行きは二人、帰りは二人となった状態で俺たちは『龍の墓場』から元の空間に出る。

そうして少し歩いたところで、探索を続けていたレーヴァたちと合流した。

その結果――。

「まま！」

「えぇ!?」

「ままー！」

「ぬ？　なんだ貴様はぁぁぁぁぁ!?」

ミスティは先ほどまでの低いテンションが嘘のように、俺から飛び降りて全力でレーヴァにダイブした。

第四章　真龍の子

太陽が沈み、魔物が活発になる時間帯。

龍の墓場から出て二人と合流した俺たちは、大森林の探索を継続するため野営をしていた。

中での出来事、そしてミスティが真龍であることを伝え、シャルロットが驚くなどの一幕もあったが、今は概ね落ち着いている様子。

「主、こやつをどうにかしてくれ……」

パチパチと木炭が焼ける音を聞きながら雑談をしていると、レーヴァが困ったような声を上げる。

こやつ、というのはレーヴァの胸に抱きついて離れないミスティのことだろう。

「気に入られたのだから諦めろ」

「これは……気に入られたと言うべきなのか？」

「レーヴァさん、いいなぁ」

コアラのように抱きつき、離れる気はないと全力でアピールしていたミスティ。

もはや母に甘える子どももそのものだ。

顔は見えないが寝息らしきものが聞こえるので、多分寝ているのだろう。

――まあ、理由はわかる。

レーヴァは俺に負けたとはいえ、世界最強の一角なのは間違いない。

その力は天秤の女神アストライア自慢の天使の軍勢を一蹴し、最上級の神に匹敵する。

俺ですら本気を出さなければならないのだから、庇護を求めるならこれ以上の存在はいないだろう。

「しかしなぜレーヴァ殿に？　いや、強いのはわかるのですが、強さだけで言えばリオン殿の方が上だと言っていたので」

「それはレーヴァが古代龍だからだろう」

「なるほど。真龍と言えば古代龍の子孫とのことですし、力の大きさも合わせれば同じ種族に甘えるのも納得……ん？」

シャルロットが言葉の途中で疑問の声を上げる。

「リオン殿。今なにか変なことを言いませんでしたか？」

「なにがだ？」

「いえ、レーヴァ殿が古代龍とかなんとか」

「言ったな」

「………………………」

俺の言葉をどう受け取ったのか、完全に固まった。

面白いのでこの後どういう反応を見せるのか待ってみると、ゆっくりレーヴァを見る。

「レーヴァ殿が古代龍？」

「主、やっぱりちょっと趣味が悪いと思うぞ」

呆れたレーヴァが立ち上がり、寝ているミスティを持ったまま近づいてくる。

「なんだ、やっぱり冗談だったんですね」

「いや。我は歴とした古代龍だ」

「……フィーナ殿ぉ」

「あはは……」

困ったシャルロットは最後の良心とも言えるフィーナに助けを求めるが、曖昧に笑うだけ。

それが余計に真実味を増してしまい、もう逃げ場がないと悟ったのか空を見上げた。

「見てください。星が綺麗ですよ」

「現実逃避をしているところ悪いが、真実は変わらんぞ」

「……わざわざ私にそれを言って、なにが目的なんですか？」

「ん？　目的？」

かなり警戒した様子でこちらを睨んでくるが、どうやらなにか勘違いをしているらしい。

「いや、どうせこれからミスティのことは説明しないといけないのだ。だったらレーヴァのことも伝えた方が説得力があるし思っただけだが？」

「え？」

「あと数日は森を調査するが、おそらく森で起きている異常の原因はこいつだからな。冒険者として依頼を受けた以上、正確な説明の義務がある」

「あ、えと、それはそうだが……真龍と古代龍ですよ？」

「だから？」

「だから!?」

事の大きさに対して俺の返事があまりにも普通すぎるせいか、シャルロットが唖然とした顔を見せる。

とはいえ、今の俺はどこにでもいるただのDランク冒険者。

依頼は当然、正確に報告するとも。

「いやだって伝説の存在で、公にしたらまずいのでは――」

「レーヴァ、どうやらお前の存在はまずいらしい」

「ああ！　レーヴァ殿、今のは違います！　というか流石にちょっと意地が悪くありませんか⁉」

生真面目一辺倒だと思っていたが、こうして揶揄うと中々面白い。

レーヴァはもう呆れた様子でなにも言わず、フィーナは寝ているミスティを見て顔をほころばせているだけ。

とはいえいつまでも揶揄っていては話も進まない。

「そもそも、伝説の存在を表に出すことのデメリットはなんだ？」

「え？　それはその……よからぬ輩に狙われるとか……？」

「この私を相手にか。それは面白い」

「……」

クックック、と思わずラスボスらしい邪悪な笑みが浮かんでしまったことで、レーヴァが一歩後退った。

恐らく俺に叩きのめされたことを思い出しているのだろう。

「リ、リオン殿？」

アストライアとの戦いで、真の意味でクヴァールから解放された今、大陸を支配しようとしたクヴァール教団ですら、俺を相手取るには役不足。

並の龍や神程度、叩き潰してくれよう。

「この私からなにかを奪いたければ、最上級の神でも連れてくることだな」

「……」

俺の言葉があまりにも傲慢過ぎたせいか、シャルロットは呆然としている。

「リオン様、それは……」

「主が以前から言っている〝フラグ〟というやつではないのか」

「おい二人ともそれはやめろ」

俺は運が悪いんだ。

そんなことを言われたら、本当になにか最上級の神がやってくるかもしれないだろうが。

まあ実際そんなのがやってきても、叩き潰してやるがな。

クヴァールの力を抑えていた力ももうすべて使える今、俺の敵ではない。

「貴方はまるで、前皇帝陛下のようですね……」

「ん？」

「見る者すべてを魅了する黄金の獣。史上最強の魔術師。圧倒的な力で帝国の災厄を粉砕した若き皇帝。見た目は違いますが、リオン殿を見ているとかつて見た輝きを思い出しました！」

シャルロットのなにかが琴線に引っかかったのか、尊敬の眼差しでこちらを見てくる。

だがちょっと待って欲しい。

俺はこいつの父親を殺した男だぞ？　それなのになぜこんな視線を向けられるのだ？

「ず、ずいぶんと尊敬しているように見えるが、前皇帝シオン・グランバニアは貴様の父親を殺した男ではなかったのか？」

「もちろん尊敬していますとも！」

「な、何故だ？」

わからん。普通父を殺した相手なのだから憎んで然るべきだろう。

なのにシャルロットの瞳はどこか崇拝するような瞳で、よくぞ聞いてくれたと立ち上がる。

「以前も話しましたが、父は騎士としての道を外れ祖国に刃を向けました。それは本来、八つ裂きにされ、禍根を残さないために親族全て処刑されて然るべき行い！　それでも皇帝は父の一騎打ちを受け入れ、騎士として立派な最期を迎えることができました！　さらに私たち家族は家名を潰すだけで、全員で生きることを許された！　これほどのご恩を受けたというのに恨むなどあり得ませんとも！」

「そ、そうか……」

「そうなのです！　だから私は前皇帝に報いるため、なんとしてもビスマルク家を再興し、帝国騎士としてあのお方が愛した帝国に尽くしてみせます！」

シャルロットはまるで広場で演説をする革命家のように、身振り手振りで俺を賞賛しはじめる。

前皇帝――つまり俺の正体を知っているフィーナたちがなんとも言えない表情をしていた。

正直俺もちょっと厄介なオタクみたいな雰囲気を出しはじめたシャルロットに若干引き気味だ。

「とはいえ、反旗を翻した父、そして取り潰された家の復興は並大抵のことでは叶いません。故にまずは冒険者として知名度を上げてから貴族に騎士として仕え、そしていずれは帝国直属の騎士になる所存！」

「……そうか。まあ大変だと思うが頑張れ」

「はい！」

この帝国では冒険者の地位は実力に見合わず低い。

たとえSランクでも貴族界隈における知名度はほぼなく、認められにくいものだ。

それは以前も話したのでシャルロットもわかっているだろうが、曇り無き眼は自分の未来を疑うことはないらしい。

「シャルロットさんは帝国騎士になるのが夢なんですね」

「ええ。険しい道なのは理解しておりますが、必ずや！」

こういう話を聞くのはフィーナの得意分野だろう。

自分のことに興味を持ってくれたからか、シャルロットはさらにテンション高く熱く語り出す。

俺はとりあえずスルーしつつ、今後のことについて考えていた。

「レーヴァ、やはりお前のことは黙ったままにするか」

「我は構わんぞ。騒ぎになって主の正体がバレたら、シャルロットみたいなのが増えるかもしれんしな」

「ああ」

特に強さを隠すつもりはないのだが、シオンとリオンを同一視する者が現れるのは問題だ。

俺は自由に世界を見るために素性を隠しているのだから、存在を知るのは一部だけでいい。

「さすがに古代龍を御する者など、限られているからな」

「限られるどころか、主以外には存在せんと思うぞ我は……」

今後、主人公たちが成長したら倒せるようになってしまうんだよな。

とはいえ、未来のラスボスである俺がいない以上、そんなことにはならないはずだ。

「それより、フィーナが捕まってるが？」

「あれの矛先が私に向くのは困るので、あのままにしておこう」

シオンと俺を別人だと思って語っているのだから、あれは本心なのだろう。

いくら皇帝で賛美には慣れているとはいえ、あそこまで直接的に親しみをぶつけられると困惑してしまう。

「とりあえず、真龍の件は根回しをするか」

「どうするのだ」

「あの街の領主、ドルチェ伯爵からギルドに説明させるさ」

皇帝ではなくただの冒険者として扱え、と言っておきながらの掌返しに我がことながら呆れてしまうが、さすがに龍が絡むとなれば俺以外では対処できないので仕方がない。

街の責任者として龍のことを隠蔽するわけにもいかないしな。

「さて、とはいえどうしたものか」

俺がいるから安全、というのは正体を知っているからこそ言える話。

レーヴァが古代龍であることを隠すとなると、真龍を預かる理由が必要だが……。

「まあ、これだけ懐いているなら理由になるか」

「む？」

寝ているというのに全力で抱きついているミスティを見て、恐らく大丈夫だろうと予想ができた。


それから数日。

原因を排除したとはいえ、ゼピュロス大森林の魔物を間引きする必要がある。

他の冒険者や騎士団が総出となって森の魔物を排除していき、異常が起きていたときより落ち着きを見せた頃、ようやく俺たちは森から出てノール村に戻った。

「リオン殿、結局どうするのですか？」

「無論、きちんと冒険者ギルドに報告するさ。そうでないといつまで経っても依頼を完遂できないからな」

「それは、そうですが……」

シャルロットが懸念しているのは、その原因となる存在が本当に真龍だったからだろう。

ギルド長のマイルドですら半信半疑、どころかいるとは思っていなかった存在。

それが実在したとなれば、どのように動くかわかったものではない。

「心配するな。私がなんとかする」

「普通ならこんな大事を一介の冒険者がどうにかできるとは思わないのですが、貴方が言うと説得力が違いますね……」

当たり前だ。

俺は帝国の闇にして大陸最大の邪教、そして神という死亡フラグすら乗り越えここまで来たのだ。

この程度の難所、なにも問題ないとも。

「しかしミスティ殿はレーヴァ殿にべったりですね」

俺たちから少し離れたところで追いかけっこをしている二人を見る。

レーヴァが逃げ、ミスティが追いかけるという構図で、フィーナはそれを見守っていた。

「子どもらしくていいではないか」

「甘える姿は微笑ましいんですが……」

小さい子どもとはいえ真龍。

その身に宿った力は普通の人間より遙かに強く、レーヴァか俺でなければ大怪我をしてしまうかもしれない。

なのでちゃんと自分で力を制御できるようになるまでは、遊び相手はレーヴァだけだ。

「リオン殿が構ってあげればいいのでは？」

「子どもの相手は慣れていないのだ」

まあそれは言い訳で、とにかくミスティは元気過ぎる。

一度構ってやると無尽蔵の体力から繰り広げられる遊びのラッシュ。

最強の肉体を持っている俺ですら、あれを永遠と繰り返されては倒されてしまうと悟ってしまった。

頑張れレーヴァ。お前にすべてがかかっている。

「力の制御を覚えれば誰でも遊べるからな。同じ龍同士、レーヴァから学ぶべきことは多いだろう」

「……ただ単に押しつけただけでは？」

「そんな事実はない」

まったく失礼なことを言う。

シャルロットめ、最初の頃よりも遠慮がなくなってきたな。

俺たちに慣れてきた、と良いように取るか。

「とりあえず、俺たちはギルド長に報告だ」

今回、領主からの直接依頼ということもあり、ノール村には一時的な作戦本部が建てられた。

森で倒した魔物の素材などの換金もでき、いちいち城塞都市ドルチェまで戻らなくても済むのはとてもありがたい。

フィーナたちには換金を頼み、俺とシャルロットはギルドの受付がある家に向かう。

「ずいぶんと忙しいな」

「作戦本部とはいえ、仮で作っただけですからね。全職員を連れて来れるわけでもないですから」

少ない人数で回しているからか、職員たちの顔には疲労の色が濃い。

冒険者と違ってギルドは各領地で管轄もあるため、応援も呼べなかったのだろう。

――まるでブラック企業だな。

俺も皇帝時代は部下に無茶をさせてきたが、休みと報酬はきちんと与えてきたつもりだ。

状況が状況だから仕方がないが、できることならこの件が落ち着いたら職員には休みを取らせてやって欲しい。

そんな中、俺の受付を担当しているメルが気づいて元気に声をかけてきた。

「あ、リオンさん！　ようやく戻ってこられたんですねー！」

「心配かけたな」

「あははー、私が心配してたのは、とんでもないことしでかしてくるんじゃないかってことくらいですよー！」

「なるほど、勘が良い」

「……」

冗談交じりに言ったのかもしれないが、俺の一言になにかを察したらしい。

彼女は冷や汗をかきながら、ゆっくりと口を開く。

「もしかして、原因が解決しちゃったりとかぁ？」

「そのもしかして、だな」

「うわっちゃぁ……」

「ん？」

俺の言葉にメルはヤバいどうしよう、と呟く。

何故問題が解決したというのにこのような態度なのかがわからない。

それは隣で一緒にいたシャルロットも同じなのか、不思議そうな表情をする。

「メル、どうされたのですか？」

「ああ、すみません。実は丁度今日、帝都の冒険者ギルドから応援が到着したんですよね」

「それはタイミングが悪いな」

別に俺の運が悪いというわけではないぞ、と言ったら本当に俺のせいにされかねないので言わない。

「以前ギルド長が言っていた応援か……」

たしかにわざわざ帝都から、しかもAランク以上の冒険者を呼び寄せたのに解決しましたでは、向こうも面子が立たないだろう。

とはいえそれはこちらの関与することではない。

「責任はギルド長と領主が取るべきだからな。メルが気にすることはない」

「それはそうなんですけどぉ……」

「とりあえずギルド長を呼べ。それに文句を言うようなやつがいたら、私が話してやるさ」

「……うぅ、お任せしますよぉ。帝都から来たSランク冒険者とギルド長が話をしているので、それが終わったら……」

そう言っている間に奥の扉が開き、ギルド長と冒険者たちがゾロゾロと出てくる。

ドルチェの冒険者と違って、話を聞いてなお自信ありげな表情。

自分たちが最高峰の冒険者だという自負を持っているからこそだろう。

「ん、あれは……」

十人ほどいる冒険者の内、見覚えのある男がいた。

鍛え上げられた肉体に、短く刈り上げられた茶髪。

巨大なバスタードソードを背負い、油断のない立ち居振る舞いは戦士としての力量の高さを示している。

「マーカスか」

以前グラド山脈を一緒に探索した帝都のSランク冒険者、マーカスだ。

向こうも俺の存在に気づいて、やや驚いた顔をしたあと近づいてくる。

「ようリオン！　久しぶりじゃねぇか！」

「ああ、相変わらず貴様は元気そうだな」

「おうよ！　それが取り柄だからな！」

快活な笑みを浮かべ手を伸ばしてくるので、旧交を温めるように俺はその手を握り返す。

力強い握手だが、決して悪い気はしない。

「お前がここにいるってことは、聖……嬢ちゃんたちも一緒か？」

「ああ。今は魔物の素材を換金しているところだ」

「ならあとで会いに行かねぇとなぁ！」

マーカスの背後の冒険者たちは誰？　と疑問の表情をしているが、無名の冒険者でしかないから仕方がないだろう。

「リ、リオン殿」

「ん？」

不意に、俺の背中の服を引っ張られた。

そちらを見ると、シャルロットが緊張した様子を見せている。

「竜殺しとお知り合いだったのですか⁉」

「竜殺し？　ああ、マーカスのことか。以前少しな」

そういえば小遣い稼ぎで火竜討伐を請け負うような男だった。

Sランクといえば彼女の目標でもあるし、冒険者の頂点に立つのだから知っていて当然か。

「ところで、お前がここにいてまだ解決してねぇってことは、もしかして龍の話はマジなのか？」

「ああ、そのことだが……丁度良いか」

俺はギルド長のマイルドを見る。

「異常の原因だった真龍を連れて帰ったから、今後のことについて話がしたい」

「「「……」」」

そう言った瞬間、この場にいた全員が、俺の言葉を理解できずにただ固まるのであった。


簡易で作られた作戦本部。

そこに集まったのは、俺とギルド長、そして帝都にいるSランクのハンターたちが三人。

マーカスはソロらしいが、他はパーティーを組んでいるらしい。

さすがに狭い場所でもあり他の面々は外で待っている状態だ。

シャルロットも当事者なのだが、Sランクしか中にいないので恐れ多いからと結局入ってこなかった。

「……で、森の奥に行くと龍の墓場に辿り着いたわけか」

「ああ」

ギルド長の言葉に俺は何事もなかったかのようにただ頷く。

――真龍ミスティルテイン。

その存在を隠すことはできないため、事情はきちんと説明をした。

今回の森のイレギュラーは、強力な魔物たちですら畏れる真龍がやってきたことに起因する。

原因を連れて帰ってきたので、しばらくしたら森も以前の生態系に戻るだろう。

「そのような話を信じろと？」

先ほどからこちらを睨み、疑っている長い黒髪をサイドで括った褐色肌の女。

帝都のSランク冒険者はこちらを侮蔑した様子で、どうやら嘘を吐いていると思っているらしい。

「おいイグリット、こいつはつまんねぇ嘘は吐かねぇよ」

「……」

俺の実力を目の当たりにしたことのあるマーカスは庇ってくれるが、どうやら信用はないらしい。

もう一人のSランクハンターである眼鏡をかけた茶髪の優男も同じように疑いの眼差しだ。

「疑われようと事実は事実だ」

「たかがDランクが、ずいぶんな態度ですね」

「冒険者はランクで態度を変えなければならないのか？　それは知らなかったな」

「はぁぁぁ。そこまでにしてくれ。俺の胃がキツいから」

大きなため息を吐きながらマイルドは俺たちを見渡す。

元Sランクだけあって、この場の人間たちにも引けを取らない圧を感じた。

「リオンの話は事実。それを前提に進める」

俺のことを父と呼び、レーヴァのことを母と呼んだこと。

懐いているので、このまま連れて行くこと。

それらを聞いたマイルドは、心底胃が痛そうな顔をしていた。

「もう俺一人で判断できるレベルじゃねぇんだよなぁ」

「ならばリオンという冒険者が真龍を連れる許可を欲している、と領主に伝えろ」

「それを言って、信じて貰えるとは思えねぇんだけど?」

「信じるさ。ドルチェ伯爵ならな」

この意味が通じるのはこの場にはいない。

だが伯爵は俺が帝国の前皇帝であり、史上最強の魔術師と呼ばれる強さを直に知っている数少ない男だ。

やつならば必ず信じるし、なんとか上手く動くだろう。

「お前さんのその自信はなんなんだろうねぇ。まあどっちにしても伝えないとだから、そうさせてもらうわ」

「ちょっと待て。本当にそのDランクの男の言葉を信じるのか?」

「ああ。こいつはなんというか、普通の冒険者とはちょっと違う気がするし、嘘は言わねぇと思うからよ」

イグリットが信じられないという風に声を荒げるが、ギルド長は態度を変えない。

この男の前で実力を見せたことはないはずだが、どうしてなかなか見る目がある男だ。

優秀なやつは嫌いじゃない。

というより、俺が思っているより冒険者の質は高く、これまで見逃していたことを若干後悔しているところだ。

帝国のためにもジークには今回の話を通しておき、冒険者の質をさらに向上できる案を取った方がいいかもしれんな。

「呆れて物も言えん。帝国の一大事だと聞いてわざわざやってきてみればこれとは」

「イグリットと同じ意見なのは癪ですが、私も些か納得しかねますね」

Sランク二人が威圧を出して俺を睨む。

それと同時に、マーカスがそっと立ち上がり距離を取った。

勘の鋭いやつだな。

「納得ができないなら、寝ていろ」

「なにを――っ!?」

魔力で作った小さな球体を飛ばすと、一撃目は二人とも躱した。

さすがに良い反応だが、甘い。

「ぐは――――!?」

「げぇ!?」

二人同時に蹲り、そのまま地面に倒れる。

俺が放ったのは一撃だけではなかった、ということだ。

「相変わらず容赦ねぇなぁ」

「手加減はしたさ。そうでなければ、二人ともこの世にはいない」

俺の実力を直に知っているマーカスは苦笑するだけだが、ギルド長は驚いた顔をしている。

まさか冒険者ギルド最高戦力二人をこうも簡単に制圧できるとは思っていなかったのだろう。

「ところで、お前もやってみるか？」

「お前さんに勝てるわけねぇのにやるわけねぇだろ」

俺の挑発には乗らない、というよりは俺の意図に気づいて言った言葉。

今の会話で、マーカスが俺の実力を知っていて認めていることがマイルドにも伝わった。

「はぁ……前々からただ者じゃねぇとは思ってたが、さすがに予想外だ。なんなんだよお前？」

「ただの冒険者だ。Dランクのな」

答える気はない、ということは伝わったらしく、マイルドは再びため息を吐く。

「なあリオン、真龍っての俺も見に行って良いか？」

「ああ……お前ならいい遊び相手になりそうだ」

俺がニヤリと笑うと、マーカスはなんのことだ？　と首を傾げる。

こいつくらい頑丈であれば、少しくらいレーヴァを楽にさせてやれるだろう。

そんなことを思っているなど、伝わるはずもなく、俺たちは本部から出て行くのであった。

第五章　依頼達成

外で待っていたシャルロットは、他のSランクパーティーの面々と会話をすることもなく、遠巻きに見られていた。

どうやら裏切りの騎士ビスマルク家のことは周囲に知られているらしい。

「あ、終わったんですね。大丈夫でしたか？」

「ああ。特に問題なく話は進んだぞ」

「それは良かったです」

マーカスが苦笑しているが、冒険者同士のいざこざなど日常茶飯事。

あの程度でなにか言われる筋合いなどない。

「行くぞ」

ギルド本部から出た俺たちは、魔物の素材を換金しているフィーナたちの下へと向かう。

持って帰ってきた素材はかなりの量と金額になるため、時間がかかる。

その間待ちきれなかったのか、換金所の外ではミスティたちが遊んでいた。

より具体的に言うと、レーヴァがミスティに追いかけ回され、それをフィーナが見守っている様子。

「おいリオン、いつの間にガキなんてこさえたんだよ」

「別れてから大した時間も経ってないのに、あんな大きな子どもができるわけなかろうが」

「わぁってるよ。冗談だって」

俺が子どもを作ったら、皇位継承権が発生してしまうので、聞く者が聞けば洒落にならんな。

そんなやり取りをしていると、フィーナが俺たちに気づいて近寄ってくる。

「リオンさん、お帰りなさい！　それにマーカスさん、こちらに来られていたのですね！」

「よう、久しぶりだな嬢ちゃん」

「はい、お久しぶりです！」

　フィーナからすればマーカスは俺と同じく命の恩人。

　積もる話もあるだろうし、二人の会話が終わるまで待っておくか。

　そう思いミスティたちの方を見ると、レーヴァが捕まったらしく遊び相手になっていた。

　真龍はたしかに生物として最強に近い存在だが、それはすでに地上から消えてしまった神や古代龍を除けばの話。

　レーヴァが本気で逃げれば捕まえられるはずもないのだから、わざと捕まったのだろう。

「やたー！」

　ミスティは自力で捕まえたと思っているのか嬉しそうだ。

　──以前から思っていたが、レーヴァは意外と面倒見がいいな。

　街でフィーナがナンパをされていたときは護衛として撃退していたこともあるのを思い出す。

　どう見ても仲の良い姉妹の姿に、周囲の村人や騎士団の面々も微笑ましそうに眺めていた。

「こういうのも悪くない」

　あの子ども特有の無尽蔵な体力を相手にするのはさすがにキツいので、できるだけ距離は取るようにするがな。

「そういえば、ギルドでは特に問題などはありませんでしたか？」

「ああ」

マーカスと旧交を温めたフィーナが俺の隣にやって来て尋ねてくる。

その疑問に対応すると、今度はマーカスが呆れた顔で口を挟んできた。

「嘘吐けよ。ここのギルド長は顔引き攣ってたし、一緒に来たSランクのやつら倒されたじゃねぇか。お前に」

「えっ⁉　さっきなにも問題なかったって言ってましたよね⁉」

「あれは喧嘩を売ってきた奴らが悪いし、あの程度じゃ問題でもなんでもない」

「あはは……」

そろそろ付き合いの長いフィーナは、それだけでどういう事態が起きたのかわかったようだ。

シャルロットは嘘吐かれた！　とややショックを受けているが、嘘など吐いていない。

「……あの、リオン殿」

真剣な顔をしたシャルロットが口を開く。

「私はこれから、どうなるのでしょうか……？」

「なんの話だ？」

いや本当に、一体なんの話をしているのだこいつは？

「仲間がSランク冒険者を叩きのめしたなど他のギルドに広まったら、今後支障が発生してしまうかもしれないではありませんか！」

「なんだそんなことか」

「そんなこと!?」

「冒険者なんだ。叩きのめされる方が悪いだろう?」

「ははは、そりゃそうだ！　あと相手の力量を見誤ったあいつらが悪ぃから嬢ちゃんは心配すんなよ」

同じSランクでありながら、初対面で俺の強さを感じ取ったマーカス。

対してまったく感じ取れずに喧嘩を売ってきた二人。

どちらの方が優れているかなど、一目瞭然だろう。

「……今度、Sランク以上のランク制度を提案してみるか?」

誰にも聞こえないように、小さく呟く。

冒険者ギルドは国営ではない大陸独自の独立組織なので俺の一存だけでは難しいが、実際そこに差があるのであれば必要だろう。

少なくとも、先ほどの二人が束になってもマーカスには敵わないのだから仕方あるまい。

――それか、一定以上の実力者は帝国側に召し上げるか?

マーカスを見てみる。

「あ、なんだよリオン」

「マーカス、騎士に興味はあるか?」

「はぁ?」

突然の台詞にマーカスは心底意味がわからないという顔をする。

同時に、近くにいるシャルロットが興味津々でこちらを見てきた。

「騎士ねぇ……何度かスカウトされたことはあるが、あんな規則に縛られた仕事は向いてねぇよ」

「そうか」

「冒険者なんて大抵そんなもんだろ。ぶっちゃけSランクなら騎士よりよっぽど稼げるしな」

帝国での地位は低くとも、金銭面はたしかに一般騎士より上位冒険者の方が稼げるだろう。

集団で行動する騎士と比べれば危険も多いが、それこそSランクなら下手な貴族より稼いでいるはず。

「……ですが、騎士には人々を守っているという名誉が得られます」

マーカスの言葉に対し、シャルロットが不満そうな声で反論する。

だがな、その言葉は駄目だ。

「それはお金には換えられないもので――」

「騎士じゃねぇと駄目なのか？」

「え？」

「冒険者だって依頼があればちゃんと他の奴らを守るぜ」

「あ……いやでも、それは……」

なにかを言い返したいと思っても、なんの言葉も出てこない。

彼女は良い女だ。

騎士としての矜持を持ち、人々のために騎士になりたいと思っている。

それ自体は認められて然るべきものであるし、尊い想いだとも思う。

だがその想いのせいで、騎士になる、が優先されてしまえば本末転倒だ。

「シャルロット。今の貴様の言葉には意思が籠もっていない」

「リオン殿？」

「人々を守るだけなら、冒険者でも、貴族でも、ただの商人でもできる。なぜ貴様が騎士を選ぶのか、それを自覚しなければ誰にも響かんぞ」

「……」

俺の言葉になにか思うことがあるのか、そのまま彼女は黙り込んでしまった。

言葉とはなにを言われたかより、誰が言ったかの方が相手に響くもの。

もしこれが彼女より弱い人間が言っていたら、きっと強い反論をしていただろう。

だが俺の実力を知り、そして目指す先であるSランク冒険者のマーカスの言葉は重くのしかかる。

「貴様はまだ若い。色々と悩むことはあるだろうが、考えながら進めば良いさ」

「リオン殿も同じくらいの年齢ではありませんか」

その言葉に、俺は薄く笑うだけで返答しない。

前世と合わせれば彼女くらいの子どもがいてもおかしくはない年齢だ。

もしかしたら身体の年齢に精神が引っ張られることもあったのかもしれないが……。

――この世界での立場や環境が酷すぎて、子どもでいられる時間などなかったからな。

誰よりも重い責任を背負い、そして戦ってきた幼少期。

やるべきことは明確で、鍛錬に勉強にとしていたら悩む暇などすらなかった。

「こうして出会ったのも縁だ。なにかあれば相談にも乗ろう」

「……少し、歩きながら一人で考えてみます」

一瞬、シャルロットは俺になにかを言おうとしたが、そのまま口を閉じる。

そして俺たちから離れて行った。

「シャルロットさん、大丈夫でしょうか？」

「さてな」

自分の道は自分で切り開くしかない。

やつは騎士になりたいと言った。

そして自らの家を再興し、貴族に仕え、そして俺の下で働きたいのだと。

「答えは見えているはずだが、自分の足下というのはなぜか見えないものだ」

「そうかもしれませんね」

「……俺、ちょっと面倒なことしちまったか？」

「いや」

考え方の違いは誰にでもある。

ただ目指すべき先の、さらにその先に少し迷いを覚えてしまっただけだろう。

「むしろこのタイミングで良かったのかもしれん」

「ふーん……事情はわかんねぇが、お前がそう言うならそうなんだろうな」

マーカスはそれだけ言うと、もう興味をなくしたようにミスティの方を見る。

噂の真龍を見に来たのだから当然なのだが、視線だけ追うとロリコンみたいに思えてしまうな。

口に出したら怒られそうなことを考えていると、フィーナがこちらを見てきた。

「あのリオン様、やっぱり私……シャルロットさんを追いかけますね！」

「そうか。好きにしたら良い」

「はい！　行ってきます！」

シャルロットが一人で考えたいと言っていたが、一人で悩んで解決しないことも多々あるものだ。

聖女という立場を経験したからか、それとも生来のものか、彼女は話を聞くのが上手い。

フィーナなら年も近い女性同士、良い話相手になるだろう。

――これに関しては、俺も過去に経験済みだからな。

走って行くフィーナを見送っていると、隣の大男が妙にニヤニヤとこちらを見ていた。

「ずいぶんと優しい目をするようになったじゃねぇか」

「からかうなら相手を選べよ」

「んだよ、別に悪いことじゃねぇだろ。俺と別れてからも良い経験できたってことじゃねぇか」

「良い経験か……」

たしかに、フィーナたちと旅をするのは悪くない。

あれだけ人を信用していなかった過去の俺が今を見たらどう思うか。

俺のことを知っている帝国貴族や騎士たちは、どう思うか。

――偽物と思うかもしれんな。

「たしかに、やつらと一緒の旅は悪くないな」

恐らく今の俺は、シオン・グランバニアとは思えないほど穏やかな笑みを浮かべていることだろう。

だがそれでいいのだ。

運命に縛られた俺はもういない。

ここにいるのはどこにでもいる、ただの冒険者なのだから。

「主！　いい加減こやつをなんとかしてくれぇぇぇ！」

ふと、感傷に浸っているとレーヴァの叫び声が聞こえてくる。

見ればミスティに捕まり、思い切り腕を捕まれ引っ張られていた。

「ままー！」

「ママでも良いが、一回離すのだぁ！」

「やーっ！」

レーヴァの言葉に聞く耳もたぬと、全力で引っ張ろうとするミスティ。

エルフの里では腕相撲で力自慢をしていたが、かなり本気で抵抗しているようにも見える。

とはいえ、さすがに長年生きた古代龍と生まれて間もない真龍では勝負にならず、レーヴァがミスティを引きずったままこちらにやってくる。

「主よ……こやつをどうにかしてくれ……」

「ぱぱだ！」

「のあ!?」

子どもの行動に意味などないと言わんばかりに、ミスティが手を離すと、レーヴァはそのまま地面に激しくダイブ。

普通の人間ならかなり痛いだろうな、と思っているとミスティが俺に飛びついた。

「ぱぱー」

「大人しくしていたか?」

「うん!」

「そうか」

どう考えても大人しくなかったが、まあ本人がそう言うならいいか。

出会ったときはなにを考えているのかわからない瞳だったが、レーヴァを見てからはスイッチが切り替わったかのように年相応に元気になった。

地面に倒れたレーヴァがなにか言いたげだが、ここで反応してまた捕まったら堪らないとでも思ったのか、無言で立ち上がる。

「元気過ぎて死ぬかと思ったぞ」

「子どもは元気な方がいいだろう」

「そんなことは自分が世話をしてから言うがいい!」

足にくっついているミスティを持ち上げると、そのまま片腕に乗せる。

まだ幼い子だが、バランスがいいのか安定した位置で嬉しそうに抱きついてきた。

「わ、我のときはあんなに暴れてたのに……」

特に走り回るようなこともなく大人しくニコニコしているミスティに、レーヴァがなにかショックを受けている。

――かなり力が強いな。

俺は普段から魔力で強化しているから平気だが、普通の人間だと首が折れてしまいそうだ。

「このちびっ子が真龍ねぇ……」

「ああ。レーヴァもいるし、これだけ懐いているなら傍に置いても問題ないだろう」

「まあたしかに見た目はただの幼女……」

マーカスが興味深そうにミスティを見て、指で頬に触れようとする。

その瞬間、ミスティが口を開けてその指を食べようとした。

「はむ！」

「うぉ⁉　あぶなっ⁉」

咄嗟に指を引いたから事なきに終えたが、危うく指が食べられる所だった。

「おい気をつけろ。フィーナは近くにいないのだぞ」

「お、おお……まじで焦ったぜ」

Sランクの冒険者の指を食べたともなれば、危険物扱いされかねん。

食べようとして食べられなかったことに疑問を覚えているのか、ミスティは悪気なく首を傾げている。

「ミスティ、なぜこいつの指を食べようとした？」

「ごはんくれたのかとおもったから」

「そうか……」

たしかに野生動物に今のをしたら、そう取られても仕方あるまい。

人間の赤ん坊だって口元に指を出せば口に入れようとするし、本能的なものだろう。

「まあこんな感じで善悪もわかっていないし、今のは貴様が悪いな」

「おう、悪かった」

ここですぐに謝罪ができるのはさすがだと思う。

冒険者、しかも最高峰のSランクにもなればプライドだってあるだろうに。

——本気で勧誘してみるか？

レーヴァが現れたときも、逃げずに戦うことを選んだ男だ。

実力、人間性ともに問題ない。

先ほどは断られたが、俺の正体を明かした上でジークを紹介すれば……。

「いや、止めておくか」

「あん？」

マーカスは俺の独り言を聞いて不思議そうな顔をする。

先ほどの会話でもあったが、自由に冒険者をするからこそ輝くこともあるのだ。

ここで束縛するより、ジークには優秀な冒険者がいるから上手く使えと言った方が効果もあるはず。

「なんか今、すっげぇ嫌な予感がしたんだが？」

「気にするな」

将来的に帝国にこき使われるかもしれんが、その分の報酬はきちんと用意されるから問題ない。

優秀なやつを遊ばせておくなんてしないからな。

「ぱぱ、あそぶ？」

しばらく大人しくしていたミスティが瞳をキラキラとさせて俺を見てくる。

「いや、今からご飯だ」

「ごはん！」

先ほどマーカスの指を食べようとしたことからも、お腹が空いていたのかもしれない。

俺の言葉にキラキラし瞳を輝かせて嬉しそうだ。

「出会ったばかりなのに、ずいぶんと懐いてるなぁ」

「刷り込みか、もしくは強い魔力を持った保護者とでも思っているのだろう」

森でも思ったが、そもそも龍はこの世界でも最強の存在。

一人で生きていけるし、成長もできるはずなのに保護者を求めるというのは、外敵がいるということに他ならない。

だがまあ、関係ない。

ミスティは俺に助けを求め、そして俺は受け入れた。

一度身内に引き込んだ者くらい、最後まで守るとも。

それがたとえ人ではなく、龍だったとしてもな。


ご飯、と言ってもノールは簡素な田舎の村で、大した物が用意されているわけではない。

冒険者は森の動物を狩って自分たちで食料にするくらいで、それは俺たちも変わらなかった。

「おいしー！」

「そうか」

村で借りている空き家の一つ。

俺たちのパーティーはそこを拠点にしていて、夕飯を食べていた。

本来ならもっと上位のパーティーが使うべき場所だが、俺の実力と女性が多いということでギルド長が融通を利かせた形だ。

「あぁ、可愛いです……」

「フィーナ殿、次は私が！」

女性二人は先ほどからミスティに食事を与えながら猫可愛がりして顔を緩めている。

先ほど彼女たちがどのような会話をしたのかはわからないが、どうやら良い結果に収まったらしい。

二人の距離も縮まっていて、仲のいい友人のようだ。

「ははは、そうやって見るとマジで親子だな！」

「……まあ、そうかもな」

ついてきたマーカスの視線は俺の腰辺り。

俺から離れないまま座り込んで食事を勤しんでいるミスティに向けられる。

「貴様の足に置いてやろうか？」

「喰われそうだから勘弁してくれ」

先ほど指を食べられそうになった手前、冗談には思えなかったのだろう。

どうもミスティはまだ本能的というか、野生が抜けていない感じがするので少し危なっかしい。

俺かレーヴァが傍にいないと、本人の意思など関係なしに誰かを怪我させかねん。

「フィーナたちも気をつけろよ」

「はい……こんなに可愛いのに触れないなんて」

肉の刺さったフォークを口元に運ぶと、パクパクと食べる。

レーヴァと同じで野菜より肉が好きらしい。

「こいつに関しては、私が対策するから少し待て」

力加減ができないだけで、ミスティもフィーナが自分の味方であることは理解しているのだ。

問題なのは、子どもであり善悪がまだついていないことと、自分の力の大きさがわかっていないこと。

——拘束魔術を応用してみるか？

やったことがないが、攻撃魔術を非殺傷にコントロールして捕らえることはできると思う。

他にも一応相手の能力を下げる魔術などが存在するが、俺はあまり得意ではない。

というより、これまで必要でなかったため学んでこなかった。

「今度、弱体化の魔術あたりを調べてみるか」

「そういうのならバルザックが得意だぜ」

「バルザック？」

聞き覚えのない名前に疑問を覚えると、マーカスは呆れたような顔をする。

「お前がさっき叩きのめしたSランクの冒険者だよ」

「ああ……あの茶髪眼鏡か」

もう片方の女がイグリットと呼ばれていたから、自然とそちらだと理解できた。

思い出せばたしかにあの男、中々の魔力を持っていたように思える。

「冒険者で魔術を使うのか？」

「あいつは元貴族らしくてな。腕は宮廷魔術師級って話だぜ」

「ほう……」

基本的に魔術を学ぶのは金がかかり、その上で才能が必要となってくるため、魔術師というのは帝国でも意外と少ない。

貴族か、教会、そしてクヴァール教団のような特殊な環境で生まれた者以外は学ぶ機会すら与えられないのがこの大陸の現状だ。

だからこそ魔術の腕があれば貴族にも召し抱えられるし、やり方によっては自ら立身出世をすることも可能だろう。

「なるほど。なら明日一度出向いてみよう」

「ぱぱ、むずかしいお話終わった？」

「む？」

どうやら散々餌づけをされたからか、お腹も膨れたらしい。

目をこすり眠たそうにしていて、甘えた声を出してくる。

――遊んで、食べて、眠る……本当に本能のままに生きているな。

ある意味生物としてもっとも充実した生き方だろう。

「眠いのか？」

「うん……」

「わかった。レーヴァ、一緒に寝てやれ」

昼間散々遊びにつき合わされたせいか、疲れた顔で食事を終えて休んでいたレーヴァは少し嫌そうな顔をする。

しかしミスティのことは放っておけないのか、渋々立ち上がるとその手を取った。

「ほら、我が一緒に寝てやるから、行くぞ」

「うん……まま、だっこ」

「ちょっとだから頑張って歩け」

もはや起き続けるのもしんどいのか、フラフラとしたミスティはそのまま隣の部屋に連れられて行った。

「素直で可愛いですね」

「多分それをレーヴァの前で言ったら、全力で否定するだろうがな」

さすがに今は眠いからスムーズに進んだが、昼間のあの元気いっぱいの状態ではレーヴァも振り回されていた。

「さて、俺たちももう寝よう。明日はギルド長にミスティを見せて、どう動くか決めないといけないしな」

「はい。では布団の用意をしてきますね」

ミスティが暴れる可能性があるので、レーヴァたちとは別の部屋を用意して、俺たちは夜を越える。

真龍についてどうするべきか、今頃話し合いが行われていることだろうが、どんな結果が出ようと俺がやるべきことは変わらない。

この国で俺に助けを求める者は助ける。

たとえそれが、人間でなくても……。


翌朝。

「やー！」

「こらミスティ、逃げるな」

俺は逃げ出そうとする裸のミスティを両手で捕まえ、そのまま家の裏に作った風呂桶に突っ込んだ。

そして上空に温水を生み出すと、そのままシャワーのように洗い流す。

「これやー！」

「諦めろ。汚いままで紹介もできん」

「うー……」

俺からは逃げられないとわかったのか、諦めたようにその場にぺたんと足を伸ばして座り込む。

ようやく大人しくなったと、俺はそのまま髪の毛をゴシゴシと洗ってやる。

「なんというか、哀愁漂う背中だな……」

「元はと言えば貴様が逃がすからだろう」

「まあ、それは結構本気で悪かったと思ってる……」

事の発端は、ギルド長に紹介をしに行こうと思った今朝。

汚れたボサボサの髪のままミスティを持っていこうとしたら、シャルロットとフィーナがいきなり怒りだしたのだ。

——なにを考えているのですか貴方は!?

——女の子なんだからオシャレさんにしてあげないと駄目ですよ！

元々砂塵の流れる荒野にいたため、カサカサになった髪とボロボロの服。

それをなんとかしてからでないと紹介は許しません、と言い切る女性陣二人の圧力に負け、俺が風呂に入れることに。

そしてその間に二人は洋服を用意してくると出て行った。

「しかし主は完全に尻に敷かれているな」

「そんな事実はない」

何日も野営を繰り返していれば風呂に入れないなど日常茶飯事だし、こんな田舎の小さな村では適当に身体を拭く程度。

綺麗な川があればしっかり水浴びもするが、この日常にも慣れてきたものだ。

「別に相手は冒険者なのだから気にしなくても良いと思うのだがな」

「そんなことを言うと、また二人に怒られるぞ」

「まあこれに関しては、私も配慮が不足していたな」

レーヴァは最初から自分の服を用意立てていたが、ミスティはそういうことはできないらしい。

俺としては龍ということもあり、あまり気にしていなかったのだが駄目だった。

「ぱぱぁ……」

「もう少し頑張れ。このままだと私が怒られてしまう」

「うぅー……」

「ミスティ、あとで我が抱っこしてやるから」

「うぅぅ……」

二人がかりで宥め、ようやく大人しくなった。

一回の洗髪では汚れが落ちきらなかったので、もう一度再開して洗い続ける。

まさか皇帝になったあと、こんな子どもの髪を洗ってやることになるとは思いもしなかったな。

「よし、これでいいぞ」

しばらくして魔術のシャワーを止めてやると、そのまま温風で髪を乾かしてやる。

「ぉー……」

それは気持ちが良いのか大人しく受け入れている。

小さな身体に揺られる姿は中々愛らしい。

しばらくすると、鈍い色をしたボサボサの髪は艶のある綺麗な白髪となった。

「ほらミスティ、こっち来るといい」

「あい」

レーヴァに呼ばれると素直に膝元にやって来て、大人しくパンツを履かされる。

ママが近くにいるからか、ご機嫌な様子だ。

「ただいま戻りました」

「もう使わなくなった可愛いお洋服を貰えましたよ」

小さな田舎村には似つかわしくない、子どもドレスに近い服を持ってきた二人。

どこから持ってきたんだ？　と思っている間にフィーナがそのまま着せようとした瞬間――。

「っ――!?」

「あっ！　ミスティちゃん！」

「こら、どこに行く！」

なにかを察したのか、レーヴァの腕の中から脱出したミスティがパンツ一枚で逃走を始めた。

「レーヴァ、油断しすぎだ」

「あう……」

魔方陣から光の縄がミスティの身体にくるりと巻きつく。

逃げたときのために用意していた拘束魔術でミスティを捕らえた俺は、そのまま引き寄せ抱きかかえた。

腕の中でもぞもぞとしているが本気で暴れないところを見ると、遊んで貰っていると思っているのだろう。

「少し大人しくしろ。せっかくフィーナたちが用意してくれてるのだから着るんだ」

「あそぶ？」

「服を着た後でな」

逃げないように俺が捕まえた状態で服を着せていく。

普通の子どもと違って頑丈なので、少しくらい乱暴に扱っても大丈夫なので着せ替えも楽なものだ。

「サイズも丁度みたいで良かったです」

手を両手で合わせ、服を着せたフィーナが嬉しそうに笑う。

砂まみれの髪にボロボロのマントを羽織っていただけの格好から一転、バルーンタイプのワンピース。

街でお出かけする可愛い子、という雰囲気になった。

水魔術でスクリーンのような鏡を作ってやり、それをミスティの前に展開する。

自分の格好が映りこみ、前に後ろにクルクル回りながら見て、徐々に嬉しそうにする。

どうやら気に入ったらしい。

「か、かわいい……」

「この丸っこいのがなんとも」

自分たちが持ってきた服を喜んでいる女性陣。

俺としても満足して貰えてホッとしつつ、鏡を消してミスティを抱きかかえた。

——これでようやく出かけられる。

そんな家族サービスをする父親のような心境になりながら、ギルドの本部へと向かって行った。


フィーナとシャルロットを残した俺たちは、改めてノール村に作られたギルド本部に入ると、妙な緊張感が漂っていた。

見渡すと見覚えのある冒険者が多い、というより村にいるほとんどが集まっているようだ。

「人が多いな」

「あ、リオンさん。それに……」

俺の姿に気づいた受付嬢のメルが、腕に抱えられているミスティを見て顔を引き攣らせる。

どうやら彼女は事情を聞いているらしい。

「ギルド長はいるか？」

「はい。リオンさんが来たら通すように言われています。あと、まだその子の素性については広まっていませんが……」

メルはそう言いながら周囲の冒険者たちを見渡す。

「大方なにかあったときのために集めたのだろう？」

「はい。リオンさんなら大丈夫だと信じていますが、これも上の人間の役目だからと」

「気にするな。ギルド長は間違ったことをしていない」

真龍が暴れたら冒険者が束になっても勝てないだろうが、それだとわかっていても手を打たなければならないときがある。

「しかしやつら、事情を知らない割には妙に視線が厳しい気がするな」

周囲の冒険者たちは見知らぬ子どもを連れたまま奥に向かう俺を見て、訝しげな表情をしていた。

ドルチェの冒険者たちは俺に手を出すと痛い目に合うことを十分知っているせいか、なにも言わない。

ただひそひそ話をしているので少し聞き耳を立ててみると――。

――やっぱりあいつ、ロリ……。

――新しい幼女、買った？

あとでやつらは痛い目に合わせよう。

「っ――!?」

俺の殺気に気づいたのか、辺りを見渡して怯えている冒険者を無視して臨時で作られた応接間に入る。

「よ、昨日ぶり」

「……」

マーカスが気軽に手を上げ、ギルド長のマイルドは胃が痛そうな顔。

イグリットと呼ばれた女性のSランク冒険者は、俺を警戒した様子で立ったまま壁に背をもたれさせている。

そしてもう一人のSランク……魔術師のバルザックはというと――。

「おお！　お待ちしておりましたリオン殿！」

「……」

「ささ、こちらにどうぞ！　不祥このバルザック、リオン殿のイスを温めさせていただきました！

ああ、お嬢様方も良ければこちらに！　お父上の横でどうぞ！」

満面の笑顔で俺に近寄ってきた男は、まるで召し使いのような態度で接してくる男。

「おい主、こいつちょっとキモいぞ」

「私も少しそう感じている」

というより、昨日は俺のことを格下と侮っていたはずだが、一夜でこの豹変ぶりはいったい……。

「バルザック、落ち着けって」

「離せマーカス。私はリオン殿の傍でその一挙一動を見守る役目があるのだ」

「そのお前の大事なリオンが困惑してるだろうが」

呆れた様子のマーカスがバルザックを引き離し、ようやく落ち着きを見せる。

「ギルド長……これはいったいどういうことだ？」

「あー、こいつは魔術師としては一流なんだが、プライドが死ぬほど高くてなぁ……」

「帝国の宮廷魔術師など全員カスですからね！」

やさぐれていて唾を吐きそうな表情。

先日見たときは自信に溢れた典型的な魔術師だと思ったが、どちらかというとチンピラっぽさがある。

どうやら昨日見せた姿は擬態だったらしい。

「こんな感じで魔術師なのに冒険者になったんだが、どうも昨日お前さんに叩きのめされたのがよっぽど衝撃的だったらしく、崇拝しちまったみたいで……」

「リオン殿の洗練された魔術……私はあれに魔導の極地を見ました！　きっと貴方なら私の夢を叶える道しるべとなってくださることでしょう！　リオン殿、この身はまだまだ未熟ながらもそれなりに才能はあると自負しております！　なんでもしますので弟子にしてください！」

バルザックがキラキラとした瞳で頭を下げる。

マーカスに肩を抑え込まれていなかったら、今にでも飛びかかってきそうだ。

「……主、やっぱりこの眼鏡なんかキモい」

「頭が痛くなる……」

まるで正反対なこの雰囲気はあまりにもギャップが大きくて混乱する。

「……話が進まんから、貴様は黙って大人しくしていろ」

「はい！」

その一言でバルザックは本当に大人しくなる。

とりあえずこいつは放っておこう。

「それで、そのちっこいのが……？」

ギルド長は恐る恐るミスティを指さすと、全員の視線が集中する。

「ぱぱ、なんでみんなミスティをみてるの？」

「お前が真龍だからだ」

「そっかー」

ミスティは多分よくわかっていないのだろう。

ギルド長とイグリットは今の一言で目を見開いて驚いた様子。

俺の話を嘘と断じていたわけではないだろうが、さすがに本物の真龍が現れたとなれば落ち着いてはいられないようだ。

「ミスティ、名前言えるな？」

「うん！」

抱っこをしていた俺が地面に降ろすと、ミスティは元気に片手を上げる。

「ミスティルテイン！」

「ということだ。よろしく頼む」

「「……」」

俺たちサイドとギルド長サイドのテンションの差がおかしいのか、マーカスは爆笑。

そして何故かバルザックはテンションが高く大きな拍手をしていた。

昨日説明した時点ではまだ半信半疑だったギルド長たちだが、実物を見てさすがに本物だと理解したのだろう。

普通ならこのまま帝国の騎士団か、ギルドが責任を持って預かるところだが、俺とレーヴァへの懐きっぷりを見て諦めた様子。

結果的に俺たちが面倒を見るという条件で、ミスティの存在は一時的に見逃された。

イグリットあたりが文句を言ってくるかと思ったが、特になにもなく終わって拍子抜けな感じもした。

「それではリオン様、これでゼピュロス大森林の調査は終わりですか?」

「私たちはな」

家に戻り、フィーナに先ほどの経緯を説明した。

さすがに本物の真龍がいた、となれば騒ぎになるし、なによりミスティの親が死んだあの墓場を荒らす者が現れるだろう。

それは俺が認めないので、結果的に真龍は『いなかった』ことにした。

「え、でもそれじゃあミスティちゃんは?」

「森に捨てられた龍人族の捨て子ということで、今後は俺たちが面倒を見ることになった」

この大陸には人間の他にもアリアたちエルフや、他の種族も存在している。

龍人族は山奥を住処にしているため人間との交流も薄いが、帝国ではまったくいないわけではない。

事実、俺も皇帝時代に龍人族とは国交を持とうとしたことがあった。

結果として一時的な文化交流だけであるが成功し、今後はジークが俺よりも上手くやるだろう。

「ぱぱとはなれなくてもだいじょうぶ？」

「ああ。というか離れる気などなかっただろう？」

「えへへー」

可愛く笑っているが、もしあそこでギルド長が強硬手段などを取ってきたら、大暴れをしていたかもしれない。

そうなればたとえSランクの冒険者が集まっていようと太刀打ちなどできなかっただろう。

「一先ず私たちは先にドルチェに戻って、伯爵に事情を説明することになった」

「あのリオン殿……さすがに真龍を連れたとなれば、伯爵も黙ってはいられないのでは……？」

「いや、問題ない。私が説明するからな」

「……？」

いくら実力があろうと一介の冒険者でしかないのに？　とでも言いたげだ。

まあシャルロットは俺の素性を知らないから仕方ないな。

「残りの冒険者たちはもうしばらくゼピュロス大森林を調査。その後問題なしということで解散となる」

「皆さん、無事に終われて良かったですね」

なにせ不参加だと二ランク下げられるような依頼だったからな。

改めて考えると、冒険者としてはかなり致命的な条件だったと思う。

「ところで主、あの眼鏡はどうするのだ？」

「……」

レーヴァが言っているのはバルザックのことだろう。

俺の魔術に心酔して弟子入りを志願してきたが、はっきり言って暑苦しいので困っていた。

できればこのまま距離を置きたいところだが、あの熱量ではなかなか難しいかもしれない。

「……」

「ここまで主を困らせるとは……」

「変な感心をするな。とりあえずそれは後で考える」

いっそのこと、なにかしら時間のかかる課題でも与えた方が良さそうだ。

そうでなければ一生着いてきそうな気配すらある……。

「さて、それではドルチェに帰るぞ」

「はい」

「わかりました」

そうして、俺たちの依頼は一旦終わりを迎えることとなった。

第六章　穏やかな日々

「待て！　ここはドルチェ伯爵の屋敷だぞ！」

ミスティを連れてドルチェ伯爵の屋敷に訪れると、前回と同じ見張りに一度止められた。

「……む、貴方は」

「ドルチェ伯爵に会いに来たが、通してくれるか？」

「そうですか。ですがアポイントがあるとは聞いておりませんので、少々お待ちください」

どうやら顔を覚えているようだが、そのまま通してくれる気はないらしい。

一人が走り、もう一人が俺をしっかりと見張る。

たとえ伯爵の客人だと分かっていても安易に行動せず、しっかり職務を全うしようとする姿は好感が持てるな。

「……」

「……」

俺が怪しい動きをしないように見張っている兵士と、ミスティの目が合った。

お互いなぜか目が離せず、ただなんとなく気まずい沈黙が続く。

しばらくして、もう一人の見張りが戻ってきたことで態度も柔らかくなった。

どうやら許可が取れたらしい。

「さあ、こちらです」

伯爵の部屋に案内される道中、どこか足取りが緊張したものなのは、やはり客人を引き止めたことに対する不安があったからだろう。

――貴様は職務を全うしただけだ。

そう言うのは簡単だが、素性のしれない冒険者に声をかけられても困るだろうから控えておく。

「こちらです」

案内された部屋に入るとドルチェ伯爵が一人でいて護衛も使用人もいない。

見張りだった男も下がり、部屋の中は俺とドルチェ伯爵、そして問題となっている真龍のミスティだけだ。

「護衛が一人もいないとは不用心だな」

「ははは、貴方が相手では、どれほどの護衛を用意しても無駄でしょう」

どうやら冒険者のリオンとしてではなく、元皇帝のシオンを相手にするつもりらしい。

俺としてはどちらでも構わなかったが、ドルチェ伯爵からしたらそちらの方が安心するのかもしれない。

ソファに座ると、ミスティが真似をするように隣に座る。

「ぱぱのとなりー」

「っ――!?」

ミスティがそう言った瞬間、ドルチェ伯爵はギョッとした顔をする。

他の者なら子どもの言葉と流すだろう。

しかし実際帝国貴族からしたら笑い事ではない。

なにせ突然、帝位を譲り渡した前皇帝に娘ができたという話。

クーデターを企てた者たちと戦い続けてきたこいつからすれば、冗談には思えないのだろう。

「こいつが真龍だ」

「……？」

頭を押さえて撫でると、不思議そうな顔で見上げてくる。

「あ、ははは……ええ、情報は聞いていましたが、なんともまあ可愛らしい……」

「余計な心配するな。ぱぱと呼ぶのは保護を求めるための本能的なもので他意はない」

「ええ、そうさせて貰います。胃が持たなさそうなので」

ドルチェが正面に座ると、テーブルにある鐘を鳴らす。

すぐに扉の外に控えていた使用人がカートを押しながら入ってきて、飲み物を提示してきた。

さすが伯爵家というべきか、本来高級品であるはずのジュースが色とりどりと並んでいる。

「きれい！」

「好きなのを選ぶと良い」

「このあかいのがいい！　ままのいろ！」

「そうか、ならこれを」

ミスティは子どもらしく興味津々のようで、カートのジュースをじっと見つめて声を出す。

事情を知らない使用人は、愛らしい少女の言葉にほっこりしながらジュースを入れ始める。

――もしこいつが龍だとわかったら、こんな顔もできないだろうな。

見た目だけなら角の生えた愛らしい幼女だが、その身に宿る力は普通の人間では到底御せない強さを秘めている。

赤いジュースだけを残して部屋から出て行った使用人を見送り、俺は置かれた紅茶を口に含んだ。

「お気に召してくださいましたかな？」

「うん！　あまくてつめたい！」

「それは良かった」

ドルチェ伯爵は恐らく俺に向けた言葉だろうが、ジュースが美味しかったらしいミスティが返事をする。

すぐに空になったので、俺が置かれた容器から再び入れてやるとまた飲み始めた。

「あまり飲み過ぎたら夕食が入らないから、それで終わりだぞ」

「っ――!?」

言葉の意味を理解したせいか、ショックを受けた顔で見上げてくる。

「だめ……？」

「そんな顔で見上げても駄目なものは駄目だ」

「うー……」

そして俺が許さないとわかったのか、先ほどまでの勢い良く飲むのを止めて、ちびちびと舐めるように飲み始めた。

これでしばらく大人しくなるだろう。

「さて、本題に入るか」

「ええ……ええ……」

よほど気になるのか、ドルチェ伯爵がチラチラとミスティを見る。

「冒険者ギルドから連絡があったと思うが、ゼピュロス大森林でこいつを拾った」

「そんな犬猫みたいな風に、真龍を拾わないで欲しいものですが……」

「仕方あるまい。ミスティが私たちを呼んだのだから」

先日の出来事を順番に語っていく。

それと同時に推測になる部分も混ぜて語ると、ドルチェ伯爵の顔色がどんどんと悪くなっていった。

「なるほど……つまりこの真龍の子を脅かすなにかが、あの森にいるのですね」

「そうだ。正確には、この子の親である龍の墓の中か、その近くのどこかにな」

「……はぁ。騎士団を派遣してどうにかなると思いますか？」

それに対して俺は返事をしない。

最初から無理だとわかっていることを答える意味などないからだ。

「あの、シオン様……どうか我が領地を助けてくださいますか？」

「今の私は冒険者のリオンだ」

「……冒険者ギルドには、依頼を出させていただきます」

我ながら少し面倒だとは思うが、しかしここの段取りは重要なのだ。

シオン・グランバニアという名前はこの大陸であまりにも重すぎる。

私が帝国を周りながら貴族を助けたなどと広まれば、それだけで現皇帝に対する批判の旗印になりかねない。

ジークなら上手くやるだろうが、いちいちそんな面倒なことに触れてなどやるものか。

「ミスティ、質問に答えろ」

「んー？」

「貴様を狙っているのは別の龍か？」

「うん！　そうだよ！」

あっさりと頷く。

まあ龍が助けを求めるなど、神か龍のどちらかしかないものだから当然か。

ドルチェ伯爵はミスティの言葉を聞いて頭を抱えているが、事実は事実として受け入れている様子だ。

「こ、これは例えばの話ですが……ミスティさんが離れたら、その龍は追いかけていくのですか？」

「どうだ？」

「んーと……たぶんおこってミスティがいたばしょこわしながらおいかけてくるとおもう」

「だそうだ」

「……」

つまり、すでにゼピュロス大森林、ノール村、そしてこの城塞都市ドルチェはその龍のターゲットになっている状態ということだ。

「リオン殿……」

「わかっている。私がなんとかするからそんな目は止めろ」

恨めしい目で見てくるが、こちらだって不可抗力だったのだ。

そもそも俺がミスティを見つけなかったらもっと大変なことになっていたのだから、感謝して欲しい。

「とはいえ現状、ミスティを追う龍の存在は発見できていない」

「そうですね。それはこちらでも調べてみます」

まだ近くに来ていないだけなのか、それともなにか理由があるのか。

どちらにしても、他国へ入る資格を待つついでに龍退治といこう。

「本当に、この国は貴方とジークハルト様がいれば安泰ですね……」

龍という災害があるとわかってなお、俺の力を信じているのだろう。

まあこいつは過去の戦乱で俺がどれだけ敵を蹂躙してきたかを知っているから当然だが。

「そういえば、シャルロットとパーティーを組んだそうですね」

「一時的にだがな」

「そうですか。どうでしたか?」

「まあ、悪くはないな。実力もそこらの騎士より上だし、性格も清廉潔白と言って良いだろう」

「ふむ……」

ドルチェはなにかを考える仕草をしている。

大方、自分の家の騎士にするかを悩んでいるのだろう。

「声もよく通る。若く見目麗しいこともあって、軍を率いる才能もあるな」

ややや真面目過ぎるところもあるが、単独で冒険者をやるよりも集団行動でこそ真価を発揮するタイプだ。

「ずいぶんと高い評価ですね」

「事実を伝えているだけだ」

「事実……貴方がそこまで言うのであれば……」

俺の言葉で、どうやら吹っ切れたらしい。

これで悪いことにはならないだろうな。

「選ぶのは貴様だが、シャルロットは過去のデメリットを差し引いても十分役に立つと思うぞ」

それだけ言うと、俺は立ち上がる。

ジュースを飲みきったミスティは、最後に少し未練を残すような目をしつつ、真似をするように立ち上がった。

「私の正体は、ギルド長に伝えておけ。ただし、他の面々にはバレないようにな」

「わかりました。それでは、この領をお願いします」

ドルチェ伯爵が深々と頭を下げ、俺はただ無言で頷いた。


宿に戻るとベッドではレーヴァがだらけきった状態で寝転がっていた。

相変わらず少し時間が空くとすぐに横になるやつだ。

フィーナがいないのはシャルロットと買い物にでも出かけたのだろう。

一緒に帰ってきたミスティを見ると、うずうずとしている。

「いいぞ」

「やったー！」

俺の許可を得た瞬間、まるで水を得た魚のように飛び出し、そのまま寝ているレーヴァに向かってダイブ。

「ぬおぉ⁉　なんだ⁉　う、動けんぞ⁉」

勢いよく腹に飛び乗られて驚いたらしく、飛び起きようとした。

しかし見た目以上に力のあるミスティに抱きつかれ、身動きが取れない状態だ。

「ぎゅー！」

「あぁ……ミスティか。帰ってきたのだな」

「うん！」

声が聞こえてようやく今の状況を把握したらしく、レーヴァはその小さな身体を抱き枕のようにして受け入れる。

まだ眠いのか、その声はどこか間延びした様子。

小動物の親子のように愛らしく、フィーナあたりが見たら甲高い叫びを上げて喜んだことだろう。

「どうしたぁ？　一緒に寝るかぁ」

「あそびたい！」

「我はまだ疲れてるからそれは駄目だー」

「んー……」

「寝るぞー」

半分眠ったような甘ったるい声。

ミスティもその声につられて少し眠くなってきたらしく、どんどんと力が抜け、そのままレーヴァの腕の中でうとうととしはじめる。

「よしよし。このまま寝てしまえ」

「……」

どうやらこのまま遊びに付き合わされるのが面倒なのか、寝かせつけようとしているらしい。

まあ気持ちはわかる。

ミスティは龍であり、なにより子どもらしく無尽蔵の体力によってこちらが消耗させられてしまうからだ。

「我は傍にいるからなぁ。安心して眠るがいい」

「ん……」

レーヴァは抱きついてくるミスティの背中をさすりながら、優しく声をかける。

ミスティの方もそれが心地よいのか、そのまま静かになった。

「よしよし……」

そのよしよしは、きっと内心ではしめしめという意味で使っているのだろうな。

だがレーヴァよ、子どもというのはそんなに甘いものではないぞ。

「はっ――!?」

一分くらい静かにしていたミスティだが、まるでなにかを思い出したように目を開く。

しばらく黙ってじっとしてるが、これは……。

「む？　そのまま寝てて良いのだぞ。我が一緒にいてやるから――」

「だめー！　あそぶの！」

「いや、我はこのままだらだらした――」

「あーそーぶーのー！」

バタバタとレーヴァの上で転がり出したミスティを見て、俺は内心で笑ってしまう。

そう、子どもは寝ようとしたと油断した瞬間を狙って、意識の外から反撃に出るのだ。

しかも一回眠くなったため機嫌が悪く、言うことを聞かなければ永遠と泣き続ける。

――俺もよくジークを寝かせつけているときに何度もやられたな……。

ようやく寝たかと安心したあとの追撃のため、意外とダメージが大きいやつである。

「ミスティ……」

「うぅー」

「そんな目で見るな……わかった、わかったから。だからあと少しだけだらけさせて――」

「やー！」

「くぅ……」

こうなってはもう誰の言うことも聞かないだろう。

「レーヴァよ」

「なんだ主?」

「もはやこれは、定められた運命と言っても過言ではない。諦めろ」

「格好良く言っているが、ただの子どものぐずりではないか。というか声に少し笑いが含まれてるぞ!」

知らんな。

ミスティは動こうとしないレーヴァをゆさゆさと揺らしながら、不満そうにこちらを見た。

「ぱぱ! ままがおきてくれないよぉ!」

「そうか。ならこうしよう」

俺が手を軽くかざすと、レーヴァとベッドの間に小さな竜巻が発生する。

それがゆっくりとレーヴァと、その上に乗ったミスティを宙に浮かせた。

「ぬあ!?」

「あははー!」

遊びとでも思ったのか、ミスティは楽しそうに笑う。

そのまま何度か上下に竜巻を動かしてやり、手を握るとなにもなかったかのように消滅した。

「っと。急に消すな!」

「おおー」

少し高めの場所で落としてやったからか、着地まで余裕がありしっかり着地をする。

腕にはミスティを抱きかかえ、守ってやるのは良いことだ。

「もういっかい！」

「あ、こらミスティ！　そういうこと言うと主は……」

「ならもっと高くしてやろう」

「ほらー！」

俺の生み出した竜巻がレーヴァを覆い、そのまま窓を開けて外に出す。

まるで童話のように竜巻に囲まれたまま空を飛ぶ子ども二人に、周囲の目も何事かと見上げている。

そしてミスティが喜んで手を振っている姿にほっこりとしていた。

「落とすなよ！　絶対に落とすなよ！」

そんな前振りをしなくても迷惑がかかるから落とさないが、まあ黙っておこう。

「とりあえず、しばらく外で遊んでくると良い」

「ぱぱー！　いってきまーす」

手を振ってくるミスティに軽く手を振り替えして、そのまま空の旅に出る二人を見送った。

「ふう、これでしばらく静かになる――」

「おおお！」

「ん？」

窓の外を見下ろすと、茶髪の優男がこちらを見上げていた。

俺と目線があったバルザックは瞳を輝かせながら両手を挙げ、手を振ってくる。

「リオン殿ー！　竜巻という攻撃魔術でありながら子どもに怪我一つ追わせない繊細さ！　遠く離れてなお消える気配すらない緻密さ！　圧倒的な魔力操作がなければできないまさに芸術！　素晴らしい！　まさに神業！　素晴らしい！　やはり貴方は魔導の深奥に足を踏み入れて――」

俺は窓を閉めた。

「フィーナたちが帰ってきたら、宿も変えるか」

本来ノール村にいるはずのやつが何故ここにいるのか。

いつの間につけられていたのか。

そんなことを考えるよりも、やつの目を見て俺はぞっとした。

「あれは、なにがなんでもついて来ようとする目だ……」

これでも俺は帝国で最も恐れられた魔術師だ。

その俺を脅かすとは、ストーカー……恐るべし。


それからしばらく、城塞都市ドルチェでは平穏な日々が流れた。

俺とフィーナは主にギルドで依頼を受け続け、先日のゼピュロス大森林の件も合わさって昇格。

Cランク冒険者となり、依頼の幅も広がった。

シャルロットは依然としてAランクのままだが、最近はマーカスに修行をつけて貰うなどして実力も向上しているらしい。

改めてゼピュロス大森林に行って鍛錬に精を出し、このままいけばSランクに上がるのも時間の問題だろう、とのこと。

「ぱぱー。みてー」

「ん?」

今はギルドの依頼で城塞都市ドルチェの少し南にある草原地帯に来ていたのだが、ミスティが白い花で編まれた花冠を持って俺に見せてくる。

「どうしたのだ?」

「フィナがつくってくれた!」

少し離れた木陰に座ったフィーナがこちらに軽く手を振っている。

その横ではレーヴァが疲れたようにダウンしていたが、ここ最近はいつものことなのであまり気にならない。

「ふむ……」

俺はそれを手に取ると、ミスティの頭に乗せてやる。

白い髪に緑と白の花が太陽を反射し、愛らしさが増した気がした。

「中々似合っているぞ」

「わーい!」

俺に褒められたのが嬉しいのか、ミスティはそのまま草原を走り出す。

今度はフィーナに自慢しているようで、その姿は仲の良い姉と妹みたいにも見える。

「ふ、まるでピクニックだな」

一応Cランクになり、以前より強力な魔物を狩りに来ているのだが、まるでそんな危うさなど感じられない。

まあそれもそうだろう。

俺は当然として、あそこの二人は龍。

フィーナはまだ実力不足とはいえ、最近は結界魔術などの腕も上達し、この場の魔物であれば余裕のはず。

「別に原作に関わろうと思っていたわけではないのだがな」

フィーナは俺を殺す役割を持ち、レーヴァはラストダンジョンである帝都に乗り込むときに仲間になるキャラ。

もし俺がゲーム通りラスボスとして君臨していたら、主人公であるカイルは詰んでいたな。

「まあそうなったらなったで、別の力が働いていた可能性もあるか」

昔からこういう話には、歴史の修正力というものが働くと言われていたな。

時代が動く瞬間は変えられず、運命は収束する——。

「いや……だとしたら私がこうして自由にいられることはないか」

少なくとも『幻想のアルカディア』においてクヴァール教団の大司教オウディは重要人物だ。

主人公やシオンほどではないとはいえ、やつがいなければ物語は動かず、だからこそもし修正力が働くとしたらやつはまだ生きていなければならない。

そして俺もまた、帝国から出ていくことなどできなかっただろう。

「歴史の修正力などない。仮にあったとしても……」

俺はフィーナを見る。

天秤の女神アストライアの依り代として生まれた彼女だが、今そこに神はいない。

俺の力によって引き剥がし、そして今はジークの手に委ねたからだ。

「そのようなもの、私の力ですべて破壊してやる」

元破壊神の依り代として、その力を存分に振るわせて貫おう。

丁度やってきた猪型の魔物、グレイトスタンプの突進をその手で止め、そのまま殴り飛ばす。

それだけで死んでしまった魔物の素材を剥ぎ取り、クエスト完了だ。

木陰では甘えるミスティと、それに頬を緩ませて抱きかかえているフィーナ。

そしてその隙に休んでいるレーヴァを見る。

穏やかな日常。

俺が追い求めて止まなかった理想の世界。

それを守るためなら、俺はなんでもしよう。

「たとえ相手が神でも龍でも関係ない。私こそが、この世界で最強なのだからな」

柔らかく吹く風に身を任せながら、俺はゆっくりと仲間のところへと歩いて行った。

ドルチェに戻ってくると、見覚えのある冒険者たちが目に入る。

どうやらゼピュロス大森林から戻ってきたらしい。

元々真龍の調査という名目だったが、それは俺たちが終わらせてしまった。

とはいえ森の異常は継続していたので、それが落ち着くまで警戒していた形で残されていた者たちだ。

「あ、リオン殿！」

街を歩いていると、聞き覚えのある声。

振り向くと、シャルロットがこちらに近づいてくるところだった。

「シャルロット、戻ってきたのか」

「はい！　これ以上は生態系を再び壊しかねないということで、解散となりました！」

マーカスと共にゼピュロス大森林に向かっていた彼女は、どこか先日とは空気が異なっている。

ただ立っているだけでも隙がない。

「少し会わなかっただけだが、見違えた。強くなったな」

「そう、でしょうか？」

「ああ」

元々幼い頃の鍛錬と、独力でAランクまで上り詰めた少女だ。

短い期間だが、直接指導をしてくれる先達がいたのは大きかったのか、先日見たSランクの冒険者たちと比べても遜色がない雰囲気になっている。

少し離れたところではマーカスもいて、まるでお転婆な妹を見るような目でシャルロットを見ていた。

「マーカス殿に色々と教えていただきました」

「そうか」

人材育成もできるのかあの男。

これはますます欲しくなってきたな。

とはいえ、今はシャルロットの方が先か。

「……」

今の彼女の実力ならすぐにでもSランクになれるだろう。

というより、そこらの騎士よりも強いので、推薦すればすぐに騎士にもなれる。

ただ、もうしばらくマーカスに預けておいた方が伸びるような気もするな。

それに俺がなにかをしなくても、ドルチェ伯爵の態度であればおそらく手をつけるだろう。

「あのリオン殿？　そんなにじっと見つめられるとさすがに恥ずかしいのですが……」

決して下卑《げび》た視線を向けたつもりはないのだが、少し顔を赤らめて照れているようだ。

まあたしかに異性に慣れていなさそうな雰囲気だし、男にじっと見つめられると困るか。

「むぅ……」

「ん？　なんだフィーナ？」

服の後ろを引っ張られたので見ると、何故かフィーナが少し頬を膨らませた状態でこちらを見ていた。

なにかを言いたげだが、不満そうな顔をするだけでなにかを言うつもりはないらしい。

「主よ、それでは女にモテんぞ」

失礼な、これでも俺がパーティーに参加すればその場で婚約破棄が起きるから出禁になっていたのだぞ。

まあそれが名誉なことかと言われたらそんなことはないので、言わないが。

「フィーナ殿！　今のは違うぞ！　大丈夫だ、私は決してこの人を取ろうなんて思っていな――」

「わ、わーわーわー！　シャルロットさん違うんですー！」

少女たちは少女たちでなにかを言い合っている。

仲の良さを感じさせるような雰囲気だし、美少女たちが二人で会話をする姿は内容はともかく華やかだ。

ただ、あまりにも目立つ。

なにせフィーナにしてもシャルロットにしても、道行く人がすれ違えば誰もが振り向く美少女だ。

周囲の人々も何事かとこちらを見ていて、しかも何故か俺が責められるような視線。

「……せっかくの再会をこんな場所で話すのもなんだ。どこか店に入るぞ」

「お、だったら良い店聞いたんだ。そっち行こうぜ」

俺たちの様子を楽しそうに見ていたマーカスが近づいてきて提案してくる。

今更やってきて、という俺の恨めしい視線は完全に知らない振りとは……。

「んな目で見るなって。馬に蹴られたくないから仕方ねぇだろ」

「ミスティ、蹴ってやれ」

「やー！」

「うぉぉぉっ⁉」

俺の言葉を受けたミスティが遊びだと思ってマーカスに蹴りを入れる。

風を切るほどの勢いで当たれば骨折くらいはするだろうが、マーカスは上手く避けた。

「ちっ」

「お前それは洒落になんねぇだろ⁉　ってか止めてくれ」

「わーぃ！」

ミスティは楽しそうに逃げるマーカスを追いかける。

まるで初めて狩りを覚えた獣のようにたどたどしい動きだが、中々素早い。

これはいずれ当ててしまうかもしれんが……。

「怪我をしてもフィーナがいるから心配するな」

「そう言う問題じゃねぇ！」

「ぱぱ！　まま！　みててねー！」

元気いっぱいに攻撃を仕掛けるミスティが楽しそうなので、いいだろう。

この後、幼女に追いかけ回されるSランク冒険者がいる、と噂になるのだが、俺の知ったことではないのであった。

第七章　魔術都市の構想

「あいつがそうだろ」

「ちっ、なんであいつばっかり」

「……私もパーティーに入れて貰えないかなぁ」

冒険者ギルドに入った瞬間、そんな声が聞こえてくる。

ゼピュロス大森林の一件以来、そんな嫉妬や憧れなど、多くの視線を向けられるようになっていた。

まあ、ざわつくのもわかる。

なにせ真龍を連れている冒険者、など前代未聞だろう。

注目されても仕方がないが、かといってそれに反応してやる義理はないのである。

——それが余計に鼻につくのかもしれんが、知ったことではないな。

それでも俺にちょっかいをかけてこないのは、この街の冒険者たちはもう俺の強さを身に染みて知っていることと——。

「ようリオン！　それにフィーナ嬢ちゃん！　こっちだこっち！」

「あ、マーカスさん！　それにシャルロットさんも！」

——この二人と交流があるというのが大きいだろうな。

酒場のテーブルから手を振っている二人は、単体の実力で言えばこの街、いや帝国でも指折りの冒険者だ。

元々ギルドでもトップクラスの実力者だったシャルロットは、その美貌と実力、そして凛とした立ち振る舞いから男女問わずファンが多い。

さらに帝都からやってきたSランク冒険者のマーカスは、どうやら全冒険者の憧れだという。

最近二人はよく一緒にいて師弟関係になっているが、これが上手く嵌まっているのかシャルロットの実力はどんどんと伸びているようだ。

「お二人も依頼を受けに来たのですか？」

「ああ」

「……今日は龍の嬢ちゃん、いねぇんだな」

妙に警戒して周囲を見渡してるなと思ったら、どうやらミスティがいないか確認していたらしい。

先日、追い回されたのがトラウマになったみたいだな。

「あいつらは朝弱いからな」

「レーヴァさんにくっついて寝る姿、とっても可愛いんですよー」

「リオン殿はなんだかんだでミスティ殿に甘いですよね」

「そんなことはない」

クスクスと笑うシャルロットの言葉を否定しつつ、一緒の席に座る。

もうしばらくしたら受付嬢たちがやってきて、ギルドも活発になってくるだろう。

「おお、そこにいるのはリオン殿ではありませんか⁉　偶然ですね！」

「……フィーナ、あとは任せて良いか？」

「あ、はは……いいんですけど、そろそろちゃんとお話しした方がいいんじゃないですか？」

聞き覚えのある声。

見れば俺のストーカーであるバルザックが笑顔で近寄ってきた。

隣にはSランク冒険者のイグリットもいるが、そちらは呆れた顔だ。

「さあさあリオン殿！　今日こそ私と魔術について語り合いましょう！」

「断る。貴様と話すことはない」

「そんなこと言わずに！　魔術師にとって知識のぶつけ合いは最高の娯楽でしょう!?」

たしかに魔術師にはそういう傾向がある。

元々はお互いの知識を共有し、新しい世界を切り開こうという建前があったはずだが、時代とともに魔術が体系化していき、ほとんどの魔術にルールづけられた。

結果、今では知識を高めるためではなく、自分の方が上だと証明するためにマウントを取り合おうとするだけの行為。

己の知識を振りかざし、相手を言い負かすためだけに言葉を紡ぐ魔術師たちの喧嘩は見るに堪えないものだった。

「帝国の宮廷魔術師たちですら、私から見れば赤子も同然でした。しかし貴方なら私を超え、素晴らしい知識を与えてくれると信じています！」

「……」

まあ、この男はどちらかというと古い魔術師タイプらしく、本当に知識を求めているだけのようだが。

「というか貴様、パーティーメンバーはどうした？」

「もちろん解散しましたとも！」

「は？」

「元々冒険者をやっていたのも魔導の探求と夢のため！　であれば先の道を知った今、いつまでもしがみつく理由もありませんからね！」

あまりにも予想外過ぎる言葉に俺は呆気にとられてしまった。

最初にノール村で会ったとき、メンバーが四人ほどいたはずだ。

イグリットは他の面々と一緒にいるが、事情を知っていたのか頭に手を当てて呆れている。

「というわけで、私を弟子にしてください！」

「断る」

「ではよろしくお願いします！」

「嘘だろう？」

駄目だ、全然話を聞こうとしていない。

「凄い、あのリオン殿が圧されてる」

「バルザックのウザさやべぇな」

「そこの二人、感心してないでこいつをどうにかしろ」

「なにからすればよろしいでしょうか!?」

「貴様には言っていない」

だからそんなキラキラとした瞳で見てくるな！

今まで俺のことを恐れて離れようとする者、俺を崇拝して傍にいようとした者、色々といたが……。

――さすがに自分の地位をすべて捨ててでも弟子入りしようとしてきたのは初めてだな。

「そもそも、貴様は私になにを求めているのだ」

「弟子入りさせていただきたいのです！」

「それは聞いた。聞きたいのは、私に弟子入りをしてなにを為すつもりなのだ、ということだ」

バルザックはすでにSランクの冒険者になれるほどの魔術師。

基礎を教えるような段階はとうに過ぎ、その先の道は自分で決めるものだ。

魔導の深奥を目指す、などと言ってもそんなものは言葉遊びでしかない。

「魔術の研鑽にゴールなど存在しないぞ」

「……」

先ほどまで煩かったバルザックは、黙り込んで真剣な表情で俺を見る。

なぜかその様子を、周囲の冒険者たちも固唾を呑んで見守っていた。

しばらくそんな無言の時間が続き、ようやくバルザックが口を開く。

「……私が目指すのは、誰でも魔術を学べる街を作ることなのです」

「ほう」

少し興味深い言葉だった。

続けろ、と目で伝えると、バルザックはそのまま言葉を紡ぐ。

「この世界は未熟すぎます。どの国でも利益の大半を貴族が得て、平民は搾取されるのみ。これではいつまで経っても先の文明には辿り着けません」

「だがそれは魔術以外で補えばいいのでは？」

俺の世界では科学が発展して文明が進んでいった。

文明の進化というのは自然現象だ。

矛盾があるように聞こえるかもしれないが、必要があれば世界は勝手に進んでいくものである。

「もちろんその方向もあります。しかし私は魔術の天才ではありましたが、その他の才能は凡夫そのもの。ならば得意な物で世界を変えたいと思ったのです」

「ふむ……」

「宮廷の魔術師たちは私利私欲でしか魔術を使いませんでした。だから私は市井に下り、そして冒険者としてまず魔術を極めることから始め、Sランクにまでなったのです」

その言葉に嘘はないのだろう。

言霊、というものが存在するように、言葉には魂が籠もる。

なるほど、世界にはこういう男もいるのか……。

「しかし独学では限界があり、悩んでいたところに貴方と出会った！　これはもう、神の計らい！　まさに運命！」

「あ……」

俺のことをよくわかっているフィーナが声を上げる。

神の計らい、運命。まさに俺の嫌いな言葉だった。

「バルザックよ」

「はい！」

「未知の道というのは自ら切り開くものだ。ゆえに、神や運命に頼るな」

俺の言葉になにかを悟ったのか、圧倒されるように口を紡ぐ。

緊張が辺り一帯を包む中、俺は小さくため息を吐き、目の前の男を見た。

「それを忘れないことを誓うなら、私に意見を求めることを許す」

「では！」

「勘違いするな。弟子にするわけではない。ただ、貴様の考えている誰でも魔術を学べる街、というのに少し興味を持っただけだ」

少なくとも、『永遠のアルカディア』に魔術都市と呼ばれるような街は存在しなかった。

それどころか、前世のように誰でも学びを得る学校などもないだろう。

こんな時代、こんな世界でその道を突き進もうなどと、相当な馬鹿でなければ無理な話。

「そう簡単にできることではないぞ」

「承知の上です。ですがこの生涯は未来の魔術師のために使うと決めておりますから」

まっすぐな瞳だ。

正直、こういう馬鹿は嫌いじゃない。

ゲームの登場人物以外も生きているのだと実感ができるこの瞬間は、別の世界から生まれ変わった俺にとって大切だった。

「なにか知りたいことがあれば纏めて来い。この街にいる間は聞いてやる」

「はい！　ではさっそく！」

「纏めてからだ」

一回一回聞いていたら、昼夜問わずずっとつきまとってきそうな気配があるし、それは勘弁だ。

俺の言葉に頷いたバルザックは、スキップしそうなほどご機嫌に冒険者ギルドを出て行った。

「ふぅ……やっと行ったか」

「お疲れ様でした」

ソファに深くもたれると、フィーナが飲み物を渡してくれた。

俺たちの話が終わったことで、こちらに感心を持っていた冒険者たちも解散している。

本当は今からギルドの依頼を受ける予定だったが、妙に疲れてしまったな。

「お前にしては珍しく意見を通されちまったじゃねぇか」

「ふん……ああいう信念を持った男は嫌いでないからな」

もっとも暑苦しいのは事実だが。

「フィーナ、悪いが依頼は適当に見繕ってきてくれ」

「あ、はい。ですがお疲れではありませんか？」

「たとえ疲れていても、仕事はするとも」

いくら冒険者が自由業だからといって、気分で止めてしまうのが癖になるのは良くないからな。

——根っからの社畜体質かもしれんが……。

「そういやリオン。なんか厄介なのに狙われてるらしいぜ」

「なに？」

受付に向かったフィーナを見送って飲み物を飲んでいると、マーカスが突然そんなことを言ってきた。

疑問に思ってそちらを見ると、隣に座るシャルロットも頷く。

「実は昨夜、顔を隠した状態で私に接触をしてきた怪しい一団がいたのです」

「ほう……」

「その者たちはリオン殿を殺して、ミスティ殿を連れて来いと言って来て」

「拒否したら襲いかかってきたんだとさ」

……今この場にいるということは撃退できたのだろうが、少し気になるな。

「私が真龍のミスティを連れていることはすでに街中に広まっているから、まだいい」

真龍を手元に置くというメリットを考えれば、奪おうとするのも理解できる。

好事家にでも売れば、それこそ人生を何回でも過ごせるほど莫大な金が動くだろう。

「しかし何故シャルロットに？」

「それが妙なことを口走ってまして。私にはリオン殿を殺す理由があるとか……」

「……」

「おかしな話ですよね。そんなわけないのに」

シャルロットが心底不思議そうに首を傾げるが、その言葉に俺は心当たりがある。

――俺がシオンだと知っているやつらがいるということか。

まあそんなに不思議なことではない。

騎士団、一部の貴族、そしてクヴァール教団の残党。

エルフを救出した際にシオンの姿を見せているし、エルフの者たちから漏れていることもあるだろう。

クヴァール教団を潰したときも姿を変えているので、もしかしたら通信魔道具で正体がバレたのかもしれない。

なんにせよ、俺を殺したいやつなど山ほどいるし、心当たりも多すぎた。

「まあ、お前は恨みもたくさん買ってそうだもんな！」

マーカスが笑いながら肩を叩いてくる。

Sランクの冒険者であるこいつだって、散々恨みを買ってきただろうに。

「正直今更だ。だからシャルロット、貴様は気にしなくてもいい」

「そ、そういうものですか……？」

「ああ。もし敵対するようなことがあればいつも通り叩き潰すだけだからな」

しかし俺の正体を知った上で真龍を狙う者か。

念のため、レーヴァには離れないように言っておくべきか。

「もし気になるならこっちでも調べてやるぜ」

「頼む」

昔のように諜報部隊を自由に使えるならともかく、情報を得るのも簡単ではない。

蛇の道は蛇と言うように、長年トップクラスの冒険者をしてきたマーカスなら、俺とは違う道から手掛かりを見つけてくれるだろう。

「あとシャルロット、貴様はしばらく私たちと行動をしろ」

「え？　ですが……」

今回撃退できたとはいえ、この先もっと面倒な敵が現れる可能性もないとは言い切れない。

マーカスに教えを請うている身であることもあって困惑していたが、俺の近くの方が安全だ。

「こいつの言うようにしとけ。襲ってきた奴らの正体はわかんねぇが、お前のことも知ってるみたいだからな」

「ああ。狙われるのが私だけとは限らない以上、できるだけ傍にいた方がいい」

「そ、そうですか……ではまたしばらく、よろしくお願いします」

俺の事情に付き合わせているというのに、シャルロットは丁寧に頭を下げた。

「リオン様、こちらの依頼を受けてきましたよ。どうしたんですか？」

「ああ……実はな――」

同じ説明をフィーナにし、そして俺たちはそのまま依頼へと出て行く。

この話をするために残っていたマーカスは、色々と冒険者の伝手を使って調べてくれるらしい。

単純な実力もだが、長年冒険者としてやってきた経験や繋がりは今の俺にはないもので、素直に助かるものだった。

その日の夜、依頼を終えた俺たちはシャルロットが来るまで宿の部屋で待っていた。

荷物を全部移動させる必要があるので、手伝うべきかと提案したが本人が拒否したので仕方ない。

「お待たせしました」

俺の部屋に入ってきた彼女を迎え入れ、まずしなければならないのは部屋割りだ。

とはいえ、これは俺の中ではもう決まっていることでもある。

これまでは俺とフィーナ、そしてレーヴァとミスティの四人が一部屋で眠っていた。

しかしいくら大きめな部屋を取っていたとはいえ、ここで五人が寝るには狭すぎる。

そう思って二部屋目を借りることにし、あとはそれを告げるだけ。

——本当は、同室の方が良いといえば良いのだが……。

元々シャルロットが狙われる可能性を加味して一緒の宿を取ることになったのだから、それが自然のはずだ。

とはいえ、彼女も年頃の少女。

男の俺と同室は良くないだろうし、レーヴァを護衛にすればいいかと考え直した。

となると必然的に俺とフィーナの二人で同室になってしまうが、これも同じ理由で却下。

結果、この部屋から俺が出て行き、一人部屋を取ることで解決する話となる。

そう思っていたのだが——。

「それでは私がリオン様と一緒の部屋で寝ますね」

「なに？　いやフィーナよ。私は一人――」

「え？　なにか言いましたか？」

突然、フィーナがそんなことを言ってきた。

反論しようとすると、彼女のかつてないプレッシャーを向けてくる。

その姿を前に、俺たちは全員圧されてなにも言えなくなってしまった。

「い、いや……なんでもない」

この世界に来てから何度も死を身近に経験してきたが、それとは違う怖さを感じたぞ……。

レーヴァはすでに我関せずのスタンスを取っていて、シャルロットは涙目で怯え、ベッドで寝ているミスティのほっぺに触れながら精神を安定させていた。

「こちらの部屋でレーヴァさんとミスティちゃん、それにシャルロットさんで問題ありませんよね？」

すでに精神的敗北をしている俺たちは頷くことしかできなかったのだが、その中で一人待ったをかける者がいた。

「はぁ……シャルロットも主の部屋にしておけ」

「む？」

先ほどまで意見を出さなかったレーヴァが突然そう言う。

「言っておくが、ミスティの寝起きは凄まじく悪い」

「あ……」

「え？　レーヴァ殿、それはいったいどういう――」

「我と主ならともかく、他の人間が傍にいたら死にかねん」

普段は力を抑えているのかマーカス辺りが蹴られても怪我だけで済むが、寝起きは妙に力が強い。

あれは相手が俺だからではなく、寝起きで制御ができていないからだったのか。

フィーナは寝起きのミスティには絶対に近づかなかったが、知っていたのだな。

「今まで部屋には我と主がいたから抑えられていたが、我だけだと見落としたときシャルロットを……うむ」

「……」

そっと、音を立てないようにミスティからシャルロットが離れると、怯えながら俺の背中に隠れた。

これが龍に対する本来の反応だろうし、さすがに子どもの癇癪で死にたくはないだろう。

「フィーナ殿ぉ……」

「う、うぅ……これは仕方ありませんね……」

頼み込むようなシャルロットに、フィーナが諦めたようにため息を吐く。

どうやら結論が出たらしい。

結局俺とフィーナ、そしてシャルロットの三人が相部屋となることになった。

まあ冒険者として旅をしていれば同じテントなどで寝ることもあるし、あまり気にしなくて良いか。

「ミスティに説明するとまた泣くから、ちゃんと寝るまでは主も一緒にいるのだぞ」

「……そうだな」

結果的に、人と龍で別れることになったが、まあある意味自然で良かったのかもしれないな。

ふと、シャルロットがこの部屋に来ることになった原因を思い出し、俺は溜め息を吐く。

「私を狙う者か……」

「リオン殿には心当たりがないのですか？」

「むしろありすぎて見当がつかん」

「あ、はは……」

皇帝時代の俺を知っているのであれば、それこそ大陸中に俺を殺したいやつがいるだろう。

本来なら目の前のシャルロットだってそうだったはずだ。

これまで散々帝国、そして俺自身の未来のために多くの人を犠牲にしてきた。

それを今更後悔する気はないが、周りが巻き込まれるとどうしても苛立ちを感じてしまう。

「まあいい。貴様はしばらく私かレーヴァの傍を離れるなよ」

「は、はい……」

たかだか部屋決めのために余計な労力をかけてしまった。

これも全部、私を狙う者のせいだ。

何者かは知らないが、覚悟しておけよ。


それからしばらく、動きらしい動きはなく日々は過ぎる。

俺は冒険者として活動し続け、ギルド長からそろそろ南のサーフェス王国への通行証が発行されると聞いたところだ。

「ぱぱみて！　これもらった！」

街を歩いていると、ミスティが俺にお菓子を見せてきた。

まるで猫が獲物を狩ったことを自慢するように、なにかを手に入れると俺に報告してくる。

「そうか。礼は言ったか？」

「うん！」

「えらいな」

ミスティの頭を撫でると嬉しそうに笑う。

人と違い、本能のままに生きているからか、この娘には嘘がない。

かつて謀略が渦巻く宮廷で生きてきた身としては、こういう真っ直ぐな感情に対してどう受け止めればいいのか、未だに悩んでしまうな。

「だがそれを食べるのはご飯のあとだぞ」

「えー」

「レーヴァに渡して……いややつに渡したら食べてしまうか」

「っ――！」

俺の言葉にミスティは慌ててお菓子を抱きしめる。

小さな身体で隠しても普通に見えるが、まあそれは言わないでおいてやろう。

「そんなことするわけなかろう。ほらミスティ、持ってやるから渡せ」

「まま、たべない？」

「食べない食べない」

まだ警戒しているのか、恐る恐るお菓子の袋をレーヴァに渡す。

そんな子ども同士のやりとりがおかしいのか、二人を見る街の人々の顔は柔らかい。

ミスティが真龍であることはすでに広まっているのだが、人間は慣れる生き物で怖がる者はほとんどおらず、むしろ率先してお菓子を渡してくる始末。

まあ街に馴染んでのびのびと育つのであれば、悪いことではないな。

「……」

「リオン様、どうされましたか？」

「いや、これからどうするかについてな」

ミスティは真龍だ。

俺とレーヴァに懐いていることもあり、成り行きで一緒に行動をしているが、本来龍とは群れることなく一人で育つ。

今一緒にいるのも、ミスティにとっての脅威が近くにあることが原因だ。

だからそれが排除されれば、そのときは――。

「シャルロットの件といい、面倒事はなくならないものだ」

龍の件、それに俺を狙う者。どちらも放置してサーフェス王国に行くわけにはいかないし、そろそろ本格的に動くか。

そう考えていると、見覚えのある男がこちらに近づいて来たのが見えた。

帝都のSランク冒険者バルザック。

今はもうパーティーを解散しているため元とつくが、その実力は冒険者の中でもトップクラスだろう。

「……」

「リオン殿、そんな露骨に嫌そうな顔をしなくても……」

「そんな顔はしていない」

ただあの熱量は苦手なだけだ。

シャルロットに注意されてとりあえず顔を取り繕うが、そうしている間にバルザックが傍まで来て、紙束を前に出してくる。

「リオン殿！　色々と纏めてきましたのでどうかお話をする機会を！」

「はぁ……まあ約束だからな」

魔術師の街を作りたいという夢を語り、俺の力を見込んで来たのだ。

面倒だが、まあ悪いやつでもない。

——それに、聞きたいことがあれば纏めて持ってこいと言ったのも俺だからな。

きちんと言葉通り纏めてきた以上、無碍にするわけにもいかないだろう。

「ギルドの奥で話すか」

「はい！」

シャルロットたちには離れることを告げ、俺はバルザックと共にギルドに向かう。

道中、出会ったマーカスが面白そうだからとついてきた。

どうやら俺が戸惑うのを見て笑う気らしい。

もっとも、そんなことにはならないがな。


ギルドの会議室に辿り着き、適当にイスに座ってしばらく渡された資料を見る。

魔術都市を完成させるまでのロードマップのようなものだが、当然一代でできるような簡単なことではない。

とはいえ、さすがはSランク冒険者というか、思った以上にしっかりとした流れが出来上がっていた。


——面白い。


魔術都市としての構想、将来的な街のイメージ、そして具体的な運営方法。

まだまだ荒削りな部分はあるが、これなら帝国の事業としても十分検討する余地がある。

「どうでしょうか!?」

「大枠としては悪くない。ただ一番の問題である——」

「必要な魔力量のことですね」

「そうだ」

構想にある魔術都市は、ありとあらゆるものが魔力に依存している。

既存の街とは比べものにならないほど便利な、それこそ現代に近い構造となるが……その分、最終的な形に仕上げようとすれば多くの魔道具と莫大な魔力が必要となるだろう。

「貴様が出している魔力の循環機構、これは理想論に過ぎん」

「そうですか……魔術の深奥を極めているであろうリオン殿ならば、可能な手段かと思ったのですが」

「この世に無限は存在しない。そしてこの都市を実現しようと思ったら、それこそ古き神々か龍の心臓を媒体にしてエネルギーにするしか……」

そこで、俺は読み進めていた資料に同じことが書かれていることに気がついた。

最後に書かれていた、前皇帝シオン・グランバニアは神であるかもしれないという文言にも。

「……おい、これはなんだ？」

「これは私の仮説でしかないのですが……帝国最強の魔術師であるシオン・グランバニア前皇帝は神の力を手にしたのだと思うのです！」

この時点でもう、聞いたことを後悔しはじめていた。

頭が痛くなり、思わず抑えてしまう。

「……」

「人の身を越えた圧倒的な魔力は、そうでなければ説明がつきません！」

なぜこいつはシオンのことを書いたのか……というのを理解できる自分の想像力が嫌になる。

おそらくこいつは……。

「つまり、現人神であるシオン・グランバニア前皇帝にこの都市を治めて貰い、魔力供給をしていただければ！」

「どこの世界に、元皇帝を電池にするやつがいる」

「電池？」

「気にするな。とにかくそんなアイデアは却下だ。というかシオン・グランバニアの協力を得るなど無理に決まってるだろう」

なにせ本人が今この場で却下しているからな。

誰が好き好んで魔力タンクになどなってやるものか。

そもそもシオンだって人間には変わりなく、寿命が存在する。

仮に帝国が本気でやったとしても、この都市ができるのに十年以上の月日がかかる。

俺が都市を治めたとして、せいぜい五十年程度。

そんなわずかな年数しか耐えられない都市など、作る価値もない。

しかもこいつの計画書だと、死んだ後はその死体を使う気満々だ。

「まあそのためのリオン殿なのですが……」

「……ほう」

ぼそっと呟いたのを俺は聞き逃さんぞ。

こいつ、シオンが無理なら俺を捕らえて無理矢理搾り取ればいいとでも言う気じゃないだろうな？

ゲームのバッドエンドじゃないのだから、そんなルートはまっぴらごめんだ。

そんなことを考えるようなやつは、今のうちに……。

「いやいやいや！　なにか勘違いをしておられる様な気がします！」

「ならどうするつもりだった？」

俺の険しい視線に気づいたバルザックが、慌てたように訂正する。

「私を遥かに超える魔術師であるリオン殿なら、シオン・グランバニア前皇帝と同じ高み——すなわち現人神になる手段に辿りついていると思ったのです！　ゆえに弟子入りさせていただき、私自らが魔力を補う立場になろうと！」

慌てた様子で早口になるバルザックの言葉は、恐らく本音だろう。

一緒にシオンを捕らえて実験動物にしましょう、なんて言われたら殺しているところだった。

死亡フラグは早めに壊しておくに越したことはないからな。

「現人神、か。たしかにシオン・グランバニアは貴様の言う神の頂きに辿り着いている」

「やはり……ですが私はリオン殿も同じだと」

「神を殺せるかという問いに関してなら、私もできるだろう」

「おお……」

俺の言葉を疑うことなく感動した様子。

こいつ、いつか悪い宗教にでも引っかかるんじゃないか？　クヴァール教団とか。

——いかん……バルザックが枢機卿とか名乗って俺の前に出てくる未来が容易に想像できてしまった。

まあそうなったら殺すだけだが、今はまだ魔術の未来のために動いている男だからな。

とりあえず、軽く助言くらいはしてやるか。

「だがこれは類い希なる才能と、果てしなき鍛錬の果てに辿り着くものだ」

ゲームでラスボスとなるほどの才能。

もしくは、そんなラスボスを倒す宿命を負った主人公たちほどの才能。

現神も力を貸したからこそ、神に届いた存在たち。

「それは偶然生まれるものではない。時代が、世界が生み出す者たちだ。ゆえに、貴様が神に届くことはない」

「……そう、ですか」

俺の言葉を聞いてうなだれる。

ここで諦めるようならそれまでだが――。

「では別の手段を探してみます！　たとえ一代で無理だったとしても、誰でも魔術が使えるような世界を作るために、止まっている暇はありませんから！」

今、こいつから強い意志の力を感じた。

これまで帝国で何度も見てきたが、こういう人間はなにかをやり遂げるものだ。

「……なにかあれば言え。弟子にする気はないが、助言くらいはしてやろう」

「ありがとうございます！　では早速！」

そうしてしばらくバルザックの意見を聞きながら、できること、できないことを教えてやる。

世界でも最高の環境で学んできた俺の知識はそれなりに有用だったのだろう。

自分の疑問を淀みなく答えてくれるのが珍しかったのか、バルザックは感心した様子で質問をぶつけてくる。

「こんなに有意義な時間は初めてです！　リオン殿、やはり弟子に――」

「弟子は取らん」

「むむむ……いえ、では勝手に心の中で師匠と呼ばせていただきます」

それも厄介だと思ったが、個人の思想にまで口出ししたところで無駄だと諦める。

「そういえば、リオン殿のことを狙っている者たちがいるみたいですね」

魔術的な質問を聞き終えたのか、バルザックが話題を変えてきた。

どうやらシャルロッーだけでなく、こいつにも声をかけていたらしい。

「私とイグリットに声をかけてきて、断ったら襲いかかってきたので返り討ちにしたのですが、逃げられてしまって」

「ほう……」

シャルロットだけでなく、ベテランのSランク冒険者たちからも逃げ出せるとは、どうやらそこそこできる相手らしい。

そういえばマーカスが調査をしていたはずだが……。

「なにかわかったか？」

「とりあえずこの街のやつじゃないってことくらいだな」

「そうか。まあ大方、どこかの貴族だろう」

クヴァール教団の者ならわざわざ冒険者を使うなんてことはしない。

どこで俺の正体がバレたのかわからないが、必ず後悔させてやろうではないか。


そうしてしばらく雑談をした後バルザックは出て行き、俺とマーカスだけが残された。

「なあ、俺はお前らみたいに魔術に詳しくないが、あいつの考えた計画ってのは不可能なのか？」

「私ならできるな」

「ほぉ……」

実際、バルザックが用意した企画は、国の運営という面で考えても、長い目で見れば決して悪いものではなかった。

一番問題としていたエネルギー源、すなわち神も捕らえている。

天秤の女神アストライアの力を回復させ、同時に力を奪い続けるシステムでも作れば問題は解決だ。

さらに俺とジークの権力をフルに使えば国営事業として人も金も集めることができるし、やつ個人がやるよりもずっと上手く、そして早く実現できるだろう。

人道的なことに目を瞑れば、だが。

「だがそれでは意味がない。これは、やつの夢なのだからな」

「ま、そうだな」

「そもそも私はこの世界を回って楽しむことで忙しい。他のことなど、やりたいやつがやればいいさ」

俺を狙う奴らに言いたいことは一つ、俺など放っておけばいい。

そうすれば返り討ちにされて、潰されることもないのだから。

「まったく、なぜこういうスタンスの私と敵対したがるのか……」

「そりゃリオン、お前さんはいろんなところで恨みを買ってるからだろ」

「それは否定しない」

だがこれもシオンとして生まれた運命のせいが大半なのだ。

死にたくないし、世界も滅ぼしたくないという一心で頑張ってきたというのに……。

「やはり神は嫌いだ」

「はは、多分神ってやつもお前のこと嫌いだと思うぜ」

「……」

地味に凹むので、そういうことを言うのは止めて貰いたいものだ。

第八章　襲撃

マーカスと別れ、街で買い物をしているフィーナたちを見つける。

「あ、ぱぱだ！」

近づいて行くと、俺に気づいたミスティが走って抱きついてきた。

見た目以上に力が強いので、そのギャップに少し驚いてしまう。

「ミスティ、いつも言っているがもっと力を調整しろ」

「ぱぱ、だっこ！」

「レーヴァにして貰え」

「だっこ、だめ？」

俺の言葉など聞いてないように抱っこをせがんでくるのは、本当にただの子どものようだ。

溜め息を吐き、その要望に応えるように抱き上げてやる。

「これで満足か」

「うん！」

本当に嬉しそうに笑う。

思い出せば、この世界に転生してから、こんな無邪気に笑える子ども時代は存在しなかったな。

龍として生まれ、親すらいないミスティだが……こう笑えるのはなんというか、悪くないと思う。

「リオン様、おかえりなさい」

「バルザック殿との話は終わったのですか？」

「ああ。思ったより悪くはなかったな」

ミスティに遅れてやってきた二人に受け答えをして、こちらにやって来ないレーヴァを見る。

どうやらまた近づいてミスティに甘えられることを警戒しているらしい。

「レーヴァのところには行かなくていいのか？」

「いまはぱぱのとこがいい！」

「そうか……」

まあ先ほどまで離れていたからな。

今くらいは好きにさせてやるか。

「ん？」

不意に、敵意の視線を感じて辺りの気配を辿る。

――徐々に集まってきているが、こんな街中でやり合う気か？

数はそんなに多くないが、技量は中々高そうだ。

「……」

「リオン様？　それにシャルロットさんもどうされましたか？」

フィーナはまだ気づいていないが、シャルロットは警戒した様子を見せる。

「主、どうする？　我がやってもいいが」

「いや、私がやろう」

面倒そうにこちらに近づいてきたレーヴァにミスティを渡し、俺は一番実力の高い相手のところに駆け出す。

「なっ――!?」

見覚えのある褐色の金髪、イングリットが驚いた顔で腰の剣を抜くが――。

「遅い」

「がっ!?」

顔面を掴むと、そのまま地面に叩きつける。

「イングリット!? 貴様ぁ！」

「ふん……」

それによってパーティーメンバーが慌てて俺に攻撃を仕掛けてくるが、その判断すら間違っている。

目的はわからないが、奇襲が失敗したのであれば逃げるか、せめてリーダーであるイングリットを解放するために動くべきだった。

たとえSランク冒険者のパーティーであっても、俺に敵うはずはなく、あっという間に制圧。

全員を気絶させたところで周囲がざわめき始めたが、シャルロットとフィーナが説明を始めていた。

そちらは二人に任せ、俺は気絶したイングリットを見下ろす。

「さて……なぜこいつらが私を狙う？」

バルザックの話では、俺を狙うことは断ったという話だった。

やつを欺くための演技だったのか？

「いや、これは……」

見ればイングリットの身体から黒い瘴気のようなものがあふれ出ている。

他の面々も同じで、その力の禍々しさは人の心を惑わすには十分過ぎる力だ。

黒い瘴気はそのまま空気中に消えていく。

「う……私はいったい」

「気がついたか。ならば事情を説明してもらおうか」

「事情……？」

イグリットは辺りを見渡して、自分たちがなぜ倒れているのかがわかっていない様子。

つまり俺を襲おうとした記憶が失われているということ。

——厄介な。

とはいえ、追求していけばなにか手掛かりくらいは掴めるだろう。

「ギルドに行くぞ。話はそれからだ」

「あ、ああ……わかった」

まったく、さっき行ってきたばかりだというのに逆戻りだ。

この場の説明はフィーナに任せ、俺はイグリットを連れて行く。

俺一人では信憑性に欠ける可能性があるため、シャルロットも同行だ。

そして——ギルドの個室にはSランクハンターとシャルロットだけが通される。

「イグリットが……シ、リオンを襲撃したぁ!?」

事情を聞いたギルド長のマイルドは、顔を青ざめて声を荒げる。

——そういえばこいつは俺の正体を教えたのだったな。

伯爵経由で説明をさせてから話をしていなかったため、忘れていた。

「どういうことだイグリット！　あの時リオン殿を狙うほど恨んでいないと言っていたのは嘘だったのか⁉」

「い、いや……それは本当だ。狙うつもりなどなかったし、そもそも私はなぜこんなことをしたのか……」

なぜか俺以上に怒りを見せるバルザック。

マーカスも険しい表情でイグリットを睨む。

「記憶はあるのか？」

「……ある、というより思い出したような感じだろうか。まるで夢を見ていたような」

「そうか。その夢の中ではどんな感情を抱いていた？」

「……貴様が憎いと。たかだか下位の冒険者が、Sランクの私たちを見下すなど許せないと……」

俺の質問に対し、イグリットは譫言のように言葉を紡ぐ。

心の底から絞り出すような声は、本人も意図をしないものだったのだろう。

「イグリット！　お前なぁ！」

「自らの弱さを他者にぶつけるとは、恥を知れ！」

「違うんだ……たしかにそういう気持ちを抱いたが、だからといって攻撃しようだなんて……」

ギルド長とバルザックが声を荒げて責めるが、間違いなくなにか精神的な干渉を受けている。

おそらく先ほどの黒い瘴気が原因だろう。

「バルザック、シャルロット」

「「はい」」

なぜこの二人は俺を主人とでも扱うような態度を取るのだ？

まあ話が早くていいのだが……。

「お前たちが出会ったという私を狙う者たち、特徴は覚えているか？」

「いいえ、襲いかかってきたのでイグリットと共に返り討ちにしたのですが……」

「ええ。私も返り討ちに、した……はずで……」

その瞬間、二人が同じように止まる。

まるでなにかを思い出すことを拒否しているような、そんな雰囲気だ。

それに対して、イグリットが訝しげな表情で首を横に振る。

「……バルザック、なにを言っている？　我らは完膚なきまでに負けた……だろう？」

「え？　いや、そんなはずは……？」

「いや、たしかに……そう、そうだ。思い出したぞ。私たちが負けたあと、黒いなにかを無理矢理飲まされて、そこから記憶が曖昧になったのだ」

あの闇の瘴気の影響か、どうやらイグリットも記憶が曖昧だったらしい。

これを追求すれば、手掛かりとなるかもしれないな。

「その話を詳しく……の前に」

「「がふっ――――!?」」

俺は速攻でバルザックとシャルロットを気絶させる。

「貴様、いったいなにを!?」

「リオン、どうした!?」

突然仲間に攻撃を仕掛けた俺に、イグリットとマーカスが声を上げる。

さすがに俺の正体を知っているギルド長は止めようとしないが、戸惑いは隠せないようだ。

この場にいる誰も、俺がなにをしたのかわかっていないらしい。

「どうやら貴様だけではなかったらしいぞ」

「なに……？　あっ！」

二人の口から黒い瘴気が漏れ出し、イグリットがようやく俺の言葉を理解した。

油断しているところを狙っていたか？

一度は撃退したと思い込ませておいて近づかせるとは、意外と敵は狡猾らしい。

「さて……このまま逃がすわけにはいかんな」

俺は空気中に消えようとしている瘴気を風の魔術で捕らえる。

そしてその魔力がどこと繋がっているのか、それを調べてやると……。

「西……それもかなり遠いな」

てっきりこの街にいるのかと思いきや、これはノール村あたりまで離れている。

それにこの魔力の強さは、人間のものではない。

「おいリオン、どうするんだ？」

「まあ相手が誰であれ、私を敵に回したことを後悔させてやるだけだ」

「手伝いは？」

「必要ない」

シャルロット、バルザック、イグリットと高ランク冒険者が揃って敗北し、操られていた。

となると、たとえこいつでも分が悪いだろう。

それがわかったのか、マーカスが悔しそうな顔をした。

――ただ旅をするだけなら構わないのだがな。

さすがにこれは普通に人間の手には余る。

「貴様は貴様ができることをしたらいい」

「……おう」

それだけ言って、俺はギルドを出た。


フィーナたちと合流し、宿に戻ってから先ほどの件を説明する。

敵がいるであろうノール村には俺一人で行くことを伝えると、急にミスティがぐずりだした。

「ぱぱ……いっちゃうの？」

普段は明るく見送るというのに、今日は妙な反応だ。

「この私を虚仮《こけ》にしたこと、後悔させてやらねばならんからな」

「うぅ……ままぁ」

俺が断ると、なんとかしてもらうためミスティに甘いレーヴァに頼み始める。

「主よ、別に放っておいても……」

「肉が食えなくて良いなら行かないぞ」

「ミスティ、我慢するのだ。主は狩りに出かけるのだからな」

「うぅ……」

邪魔者を殺しに行くだけだが、まあ狩りの方が納得しやすいのかもしれない。

子どもに教える母親のように宥めると、ミスティはレーヴァにくっつく。

しかしこの反応、少し気になるな。

「ミスティ、こっちにこい」

「うん……」

俺はミスティを抱えると、そのまま抱き寄せる。

子ども特有の温かさ。

人とは違ってもしっかり生きているのだと伝わってきた。

「心配するな。なにがあっても大丈夫だ」

「……本当？」

「ああ。私は最強だからな」

しっかり抱き寄せ、ミスティの耳元で囁く。

一度だけ力強く抱きついてきたのでそれを受け入れ、そしてレーヴァに渡す。

「龍の勘かわからんが、不安なのだろう。レーヴァ、貴様がしっかり見てやれ」

「……ああ、わかった」

なにかが大きなことが起きるのかもしれないな。

恐らくそれはミスティに関わることだろうが……。

「リオン様？」

「問題ない。フィーナも二人を頼む」

「はい」

宿を出て、空を飛ぶ。

普段は景色や旅を楽しむことを優先して使わない飛行魔術。

俺の魔力で展開されるそれは、鳥とは比べものにならない勢いで進むことができる。

「む……？」

そう時間もかからずノール村が見えてきたが、蒼く広がっている空に比べて、どこか暗雲が漂っているような気配を感じた。

――なにかが起きている。

警戒しながら村から少し離れたところに着陸した瞬間、景色が荒野に変わった。

「ここは……龍の墓場か？」

砂と枯れた大地が地平線まで続く無機質な世界。

ミスティと出会った場所に似ていて、違うとすれば龍骨がないことくらいだろう。

たとえ永遠の命があったとしても、ここで一生を過ごせば人としての在り方を見失ってしまうに違いない。

「だがなぜ急に……っ⁉」

上空から強い力を感じて、考えるより早く片手をかざす。

ほぼ同時に、空を覆い尽くすほど巨大な光線が大地ごと俺を吹き飛ばそうとしてきた。

「龍の咆哮《ドラゴンブレス》か！」

受けた瞬間、巨大な地響きが発生し、大地の一部を吹き飛ばした。

凄まじい威力だ。普通の人間なら塵となって消えてしまうだろう。

とはいえ、こちらはかつてレーヴァが放ったブレスすら受け止めたことがある身。

それに比べればどうということもなく、片手でも防ぐことはできる。

以前と同じように、正面からでも打ち破ることは十分できるので、あとは攻撃してきた相手を見つけて反撃を――。

「どういうことだ……？」

ブレスの魔力を辿った先には『なにも存在しない』。

虚空から攻撃をされている状態だ。

「敵がいないということは……ちぃ！」

再び同じ魔力が多数、あちこちから生まれるのを感じた。

そして今受けている龍の咆哮が多方向から一斉に放たれる。

「これだけ用意周到に準備をしているということは、罠だったか」

防御魔術を使って防ぐが、一点集中型のそれに比べると性能は低い。

実際、前後左右あらゆる方向から飛んできているこの攻撃を防ぎ切れるか五分五分だ。

「……そうなるならいっそ」

俺は一瞬深呼吸をする。

そして身体に薄い魔力の壁を作り、同時に防いでいた防護魔術を解除。

さらに身体強化魔術と一点集中型の防御魔術を展開し、前に向かって飛び出した。

「ぐっ――――!?」

ブレスの直撃を受けながらも無理矢理前に。

同時に、背後では前方以外のブレスがぶつかり合い凄まじい衝撃が発生する。

魔術を展開していない無防備の背中が焼けるが、これで俺に飛んできている攻撃は前方の一つだけ。

無理矢理上空へと飛び、最後の一撃も躱してようやくブレスから解放される。

「……さすがに無尽蔵というわけにはいかないようだな」

上空から周囲を警戒しているが、すぐにブレスが飛んでくる気配はない。

どうやら先ほどの攻撃は何度も連続して放てるものではないらしい。

「……ふん」

俺は警戒しながら魔力の揺らぎを感じると、すぐにその場から動く。

すぐ横をブレスが飛んでいったが、俺に当たることなく地面を抉った。

「来るとわかっていれば躱すことも容易いものだ」

下手に受け止めたり弾いてはならない。

それで足を止めれば、先ほどと同じように回避不能な状態に持ち込まれてしまうからだ。

「さて、どうしたものか」

この攻撃の主はいったい何者か。

単純に考えれば俺を狙っていた者だと思われるのだが、こんな力を人間が扱えるとは思えない。

なにより、俺がここに来たのは強大な魔力を辿った結果だ。

——帝国貴族かと思ったが、違ったか？

シャルロットと俺の関係を知っている以上そうだと思ったが……。

そう考えていると、次の攻撃の気配を感じた。

「まったく、ずいぶんと用意周到なことだ」

エネルギーのチャージでも終わったのか、再び周囲からブレスが連続して飛んでくる。

今度は俺を一点に狙ってというより、一部を除いて無差別な攻撃。

これでは躱すことも難しい。

「私かレーヴァ以外がここに来ていたら死んでいたな」

少なくとも普通の人間では命がいくつ合っても足りないレベルの攻撃。

逆を言えば、これを人間が行うなど不可能であり、ただの人間相手に防衛するだけならこれほどの攻撃も必要がない。

「まるで私が来ることを見越して罠を張っていたとしたら……おびき寄せられたか？」

その答えに辿り着いた瞬間、まるでなにかを察したかのようにブレスが激しくなる。

無差別ゆえに回避が難しいが……。

「この私を誰だと思っている！」

一気に上空まで飛ぶと、雲の上で魔力を放出。

俺の周囲をバリアのような半透明の黒い球体が覆う。

「はぁぁぁぁぁ！」

ブレスが襲いかかるが、俺はバリアを一気に拡大し、すべてを弾きながら世界そのもの塗りつぶし始める。

徐々にひび割れていく空と大地。

ここが龍の墓場である以上、たとえ破壊したとしても世界には影響はないはず。

「壊れて消えろ！」

俺の魔力に耐えきれず、甲高い音が世界に響き、粉々になって消えていった。

「なに？」

まだ昼過ぎ程度だったはずが、今はもう夕焼けが地平線に消えようとしている。

どうやら龍の墓場にいた間、時間の流れが異なっていたらしい。

「これは、やられたな……」

空に浮かびながら眼下を見下ろすと、ノール村の人々が何事かと驚きながら見上げている。

だが今問題なのはそんなことではない。

こちらが攻撃を仕掛けるために魔力を追ってやってきたのに、あれだけの罠が仕掛けられていた。

つまり敵は俺の正体を知っていた上で、こうなることを見越していたということ……。

「俺を誘き出したということは、狙いはミスティの方か！」

見上げてくるノール村の人々を無視して、俺はドルチェに向かって飛ぶ。

全速力で飛ぶとすぐに見えてくるが、堅牢な都市からは火の手が上がっていた。

「遅かったか⁉」

地上に降り立つと、人々は恐怖に泣き叫びながらもその場に止まり、騎士や冒険者たちが慌てたように消化活動に勤しんでいる。

すでに敵の姿はなく、ドルチェが完全に陥落したわけではないことがわかった。

とはいえ、そもそも敵の目的が街の破壊ではなかったということだろう。

「リオンか！」

「マーカス！　どうなっている⁉」

俺を見つけて近寄ってくるマーカスに事情を聞こうとするが、見れば全身が傷だらけだった。

だがおかしい。

こいつの性格上、生きている限り戦い続けたはずだ。

騒ぎの元凶もいないとなると、少なくとも戦闘はもう終わっているのだろう。

それならフィーナが怪我を治しているはずだが……。

「わりぃ！　俺らが情けねぇばっかりに……」

「後悔は後でいい。今はなにが起きていたのかを……待て」

ふと、おかしなことに気がついた。

この街にはレーヴァがいる。

極炎龍レーヴァテインは破壊神クヴァールと争った、この世界でも最強クラスの龍だ。

やつがいて何故このようなことになった？

あれに勝てる者など、この世界では俺と最高神クラスだけだぞ。

「リオン、よく聞いてくれ。実は――」

マーカスの言葉を聞いた俺は、全力で冒険者ギルドへと向かう。

すでに半壊したその建物だが、一部の施設は無傷で残っており、重症者はそちらに運ばれているらしい。

中に入ると、フィーナが涙を流して座り込みながら、必死に魔術を使っていた。

「……」

声をかければ集中力が途切れてしまうかもしれない。

そう思い静かに近づくと、身体の半分を黒い魔力で蝕まれたレーヴァが苦しむ姿。

「……」

これが強力な呪いだというのはすぐにわかった。

フィーナが必死に聖魔術で抵抗させているが、呪いは普通の魔術とは異なり術者が死なない限りは解放されることはない。

聖魔術でできることはせいぜい、その進行を遅らせることくらいだろう。

「フィーナ」

「リオン様!?　ぁっ!」

俺の言葉で顔を上げてしまい、魔力が乱れた。

見れば額からは大量の汗をかき、休まずにずっとレーヴァを守っていたのだろう。

倒れかける身体を支ぇながら、俺は隣に座る。

「よくやった。後は私がやる」

「え?　でもリオン様け聖魔術が不得手では……」

「ああ。だがこれに必要なのは……いや、いい」

言葉で説明する暇はない。

俺はレーヴァの傍に座り込むと、身体を蝕んでいる黒い呪いに直接触れるために肌に手を伸ばす。

「駄目です!　それに触れたら!」

「問題ない」

呪いに対して光の魔術では効果が薄い。

ではなにが効果的かというと、他のなにかに移すことだ。

黒く蝕まれた部分に触れると、昏く凶悪な悪意が俺に流れ込んでくる。

並の人間であれば一瞬で自我を保てなくなるほど強力な呪いだ。

だが、この身は最強最悪の破壊神の化身として生まれた身。

「この程度で、私を塗り潰せると思うなよ！」

「グガァァ!?」

流れ込んでくる呪いの動きに合わせて、レーヴァが苦悶の声を上げる。

胸を掻きむしろうと手を伸ばすが、俺が暴れられないように覆い被さりそのまま抱きしめた。

「レーヴァ、耐えろ」

「う、ふぐぅ!?　ガァァァ！」

先ほどよりも触れている面が多くなったため、呪いが移る速度が上がる。

一気にかかる負担はたしかに重いが、それでもこの程度であれば、暴れるレーヴァを抑える方がよほど大変だ。

「ガァァァァ!?　っ——!?」

最後の咆哮を上げると、まるで糸が切れたマリオネットのようにレーヴァの身体から力が抜ける。

気を失ったのか、腕の中で大人しくなった。

「ふぅ……」

さすがに、今のは疲れたな。

抱きしめていた小さな身体を解放し、そのまま横たわらせてやる。

額から汗は凄いことになっているが、苦しさはもうなさそうだ。

「リオン様……その……大丈夫なんですか？」

「言っただろう、問題ないと。だが今の私には触れるなよ」

レーヴァを覆っていた黒い呪いは今、俺の身体を覆っているが、見た目はいつもと変わらない状態だ。

というのも、このリオンという身体は俺の幻影魔術で作られた偽物。

――幻影魔術を解除したら、恐らく半身は真っ黒だろうな。

「さて、それでは事情を聞かせて貰おうか」

とはいえ、ミスティがこの場にいないこと。

そしてレーヴァが敗北したことを考えると、どうなったのかの推測はできてしまうがな……。

まだ怪我人が多いから、ということでフィーナは街に出て行き、その護衛にマーカスがついていった。

そしてギルドに残ったシャルロットによって、俺が不在の間に起きた出来事を語られる。

「貴方が出て行ったあと、すぐに一人の男が現れたのです」

男は冒険者ギルドの者たちを何人かに攻撃すると、そのままミスティを奪いに来たと宣言。

とはいえ、冒険者といえば荒くれ者の集まりだ。

やられて舐められたまま、はいそうですかと、聞き分けの良い者たちではなく、その場で乱闘が発生。

しかし男は強く、あっという間に制圧されてしまう。

「それは人間だったのか？」

「……いえ、男は暗黒邪龍ファブニールと名乗り、実際に腕の一部を龍に変化させていました」

暗黒邪龍？　帝国図書館で龍について調べたときですら聞いたことのない名前だが、本当に古代龍か？

実際にレーヴァが遅れを取った以上、それに匹敵する力の持ち主であることは間違いないのだろうが、やつは旧神と現神の間に割って入った歴戦の龍。

そう簡単にやられるやつではないはずだ。

「最初はレーヴァ殿が押していたのです。敵も焦った様子でした。しかしやつは私たちに狙いを変え、それを守るために呪いを受け……」

「そうか……」

「すみません！　人々を守るべき騎士を目指す身でありながら、なにもできず……」

相手が龍なのだから仕方ない、とは言わない。

それを言ったところでシャルロットにとってなんの慰めにもならないからだ。

「そいつがミスティを連れ去ったのだな？」

「はい。呪いを受けたレーヴァ殿が最後の最後まで立ち塞がり、これ以上は益がないと判断したのか、ミスティ殿を連れて飛んでいきました……」

「わかった」

俺はそれだけ言うと、レーヴァが眠る部屋に向かう。

入り口にはドルチェの冒険者たちが集まり、心配そうに中を覗いていた。

「なにをしている？」

「あ、旦那……」

ドルチェに来たとき、すぐ俺たちに絡んできた冒険者だ。

如何にも力自慢で暴れん坊、といった雰囲気の男は、俺を見て情けない顔をする。

他にも見覚えのある男たちが、神妙な表情で顔を俯かせながら、

「嬢ちゃん、あの化物から俺らを守ってくれたんだ……」

「大の大人が集まって、ガキ一人守れねぇなんて、情けねぇぜ……」

謝罪なのか、それともただの独白なのか。

どちらにしても、言葉を紡ぐだけなどなんの意味もない行為だ。

「私はこれから、ミスティを取り戻しに行く」

「え!?　いや、でもあんなの旦那でも……」

「もし貴様らに冒険者としての矜持があるなら、龍が死ぬ様を見せてやってもいいぞ」

その言葉に、男たちは驚いた顔をした。

俺がなにを言っているのか理解したのだろう。

「私は私の敵には一切容赦をしない。たとえ地の果てまで逃げようと、絶望の淵に落としてやるだけだ」

そう言って部屋に入り、寝ているレーヴァに近づいて行く。

顔色は悪くない。これならそう時間をおかずに回復するだろう。

俺が近づいたのがわかったのか、うっすらレーヴァが瞳を開ける。

「……ある、じ？」

「よく守った」

このドルチェは帝国の街。つまりこの私が築き上げてきた都市そのものだ。

街を守り、人々を守ったこのレーヴァはもはや、ただ破壊するだけしか能がない龍とは違う。

「あとは私に任せて眠るといい」

「ミスティを……頼む……我も、必ず行くから……」

たったそれだけを言うと、力尽きたのか再び眠りにつく。

悔しかっただろう、最強の龍として君臨していた存在でありながら敗北し、あまつさえ大切なモノを奪われてしまったのだから。

俺は軽く汗を拭いてやり、そして部屋から出る。

入り口に立っていた冒険者たちが一瞬、俺の顔を見て怯えたような顔をした。

——どんな顔をしているのか。

俺は俺の死亡フラグに関わること以外にはそれなりに寛容だ。

クヴァール教団がいれば滅ぼすが、たかがチンピラ程度が敵対してこようと許しを請うた相手はきちんと許す。

だが……。

「ミスティを誘拐し、レーヴァを痛めつけ、フィーナを泣かし、街を破壊し人々の暮らしを脅かした……」


自分のこと以外でこれほどの怒りを感じたのは、初めてかもしれんな。

ギルドではシャルロットがすでに準備を終えた状態で立っている。

「リオン殿！　私も行きます！」

「お、俺たちも行くぞ！　守られてばっかじゃ、冒険者の名折れだからな！」

他の冒険者たちも慌てて用意を始め、どうやらついて来る気があるらしい。

――依頼のときは、あれほど龍に対して怯えていたというのにな。

彼らの行動理由は、街を守ろうとしたレーヴァにあるのだろう。

この目では見られなかったが、きっとやつは本気でこの街と人々を守ろうとしたのだ。

そのことが、なぜか誇らしく、嬉しく思う。

俺はシャルロットの横を通り過ぎると、一瞬だけその肩を手を置く。

「貴様らは準備をして、明け方に来い。それまでにすべてを終わらせて、面白いものを見させてやろう」

「ぁ……」

今回ばかりは、誰の手も借りるつもりもない。

許す気もない。

ギルドから出て、すでに暗くなり始めた遠い空を見る。

「たかが龍ごときがよくぞここまでやってくれたものだ」

ミスティ、そして暗黒邪龍ファブニールの力を辿れば、やはりその先はゼピュロス大森林。

自らにかけた幻影魔術を解く。

やはり半身が呪いに蝕まれていたが、それすらもこのシオン・グランバニアを彩る装飾でしかない。

——いったい誰を敵に回したのか、教えてくれる。

可能な限り魔力を解放し、敢えて敵に自らの存在を鼓舞するようにしながら、俺は西に向かって飛ぶのであった。

第九章　次元の狭間

ゼピュロス大森林に着く頃、太陽は地平線から落ちて星々が輝き始めていた。

道中に存在したノール村もすでに静まりかえり、次の太陽を待つように眠りにつく。

「……」

上空から一直線に森の中心に向かうと、そのままミスティと出会った場所に降り立った。

魔物の多くは夜になると凶暴性を増す。

だが森を歩く俺の存在に気づきながらも、魔物たちが俺に襲いかかることはない。

それどころか、必死に距離を取ろうと逃げ出した。

「賢明な判断だ」

今の俺は普段は抑えている力を存分にまき散らしている。

野生の本能か、圧倒的強者の存在に気づいて逃げ惑っていた。

「またゼピュロス大森林の生態系がおかしくなってしまうな」

地面に手を当てて、大地に魔力を通す。

同時にこの広大なゼピュロス大森林を覆うような魔方陣が広がり、結界となる。

「これで魔物たちも外には出られん」

あとは後ほど、こちらに向かっているシャルロットや冒険者と共に駆逐すればいいだろう。

しばらく辺りを見渡し、魔力の流れがおかしな箇所を感じ取る。

「……ここか」

なにもない空間に手を伸ばすと、まるで俺を拒絶するように黒い呪いが激しく反応した。

それを魔力で押さえつけながら空間を掴み、力尽くで壁紙を剥がすように腕を引く。

「っ――！」

瞬間、異空間から吹き荒れる凄まじい魔力が俺に襲いかかる。

まともな人間なら粉々に吹き飛んでしまうような魔力の奔流だが――。

「この程度で、私を止められると思うなよ！」

一歩前に。

ひび割れた空間が閉じようとするが、俺はそれを両手で掴み、さらに大きく開く。

そして魔力が吹き荒れるその異空間への道へ向かって、俺は飛び込んだ。

その先は、ミスティがいた龍の墓場そのもの。

「ふん……」

俺が踏み込んだあと、まるで世界を遮断するように背後の道が閉ざされたことがわかる。

だがそもそも、俺は目的を達するまでここから出て行くつもりがないのだから問題ない。

龍の死骸がある方へと進んでいくと、骨の中央部分、まるで親龍に守られるように地面で眠るミスティを見つけた。

「……ミスティ」

骨の中に入り、ミスティに触れた瞬間――。

「――下らない茶番はもう終わりだ」

ミスティの姿をした敵を、炎で燃やした。

『ギャァァァァァァ!?』

天まで届くような断末魔が響き渡り、ミスティの身体は崩れて黒い影となった。

それは逃げるように死骸から大きく距離を取り、黒いマントを羽織った男に変わる。

腰まで伸びた黒髪から見える額には一対のツノが生えており、腕は鱗で覆われ、普通の人間と違うことは一目瞭然だ。

「貴様ァ！　たかが下等な人間如きがよくもやってくれたなぁ！」

「その下等な存在如きから必死に逃げ回っている貴様は、虫けら以下の存在だな」

「虫けらぁ……？　神をも喰らう至高の生物である龍を前にして、虫けらだとぉ？」

嗤いながら言い返してやると、男は殺気を強めてくる。

「なぜミスティに化けて不意打ちをしようとした？　それは貴様が私の力を恐れたからだろう？」

「俺様が人間を恐れる？　そんなわけあるか！」

「わざわざ私がいない間を狙って襲撃をしておいて、くくく……」

「貴様、貴様貴様貴様貴様貴様ぁぁぁぁぁ！」

馬鹿にした嗤いを見せると凄まじい形相で俺を睨み、そして前触れもなく一気に距離を詰めてくる。

「死ねぇぇぇぇ！」

俺の腹部を狙うように突き出してきた拳。

それが当たった瞬間、まるで雷が落ちたような轟音が辺り一帯の空間を揺らした。

「はーはっはっは！　はは……は？」

嬉しそうに高笑いをあげていた男だが、その笑いは途中で疑問の声に変わる。

本来人間程度であれば粉々に砕いていた一撃。

だというのに、その拳は俺の手によって止められていたからだ。

「これが龍の一撃か？　これならミスティのタックルの方がよほど強いな」

「き、貴様！　離せ！」

俺は反対の腕を振り上げ、拳を握ると――。

「吹き飛べ」

「ぐおぉぉぉぉぉ⁉」

男の顔面を殴り飛ばした。

凄まじい勢いで地面を転がり、大地を削る。

――今の感触は……？

「お……おぉぉぉぉ……」

男は倒れたまま苦悶の表情を浮かべ、なにが起きたのかわかっていないように戸惑っている。

「あ、あり得ん。俺は暗黒邪龍ファブニール様だぞ……たかが人間ごときになぜ……？」

「貴様が弱いからだろう」

「っ――⁉」

倒れている男――暗黒邪龍ファブニールを蹴ると、サッカーボールのように飛んでいく。

まるでゼリーを蹴ったような感触とともに、黒い軟体が飛び散った。

「クソガァァァァァァ！」

今度は地面に落ちることなく、黒い翼を広げて空中で体勢を整える。

その腹部は液状に揺らぎ、蹴りの痕が残ってえぐれていた。

周囲に飛び散った軟体がそこに吸収されると元通りになり、しかしダメージは大きいのか、顔は相変わらず苦痛に歪んでいる。

「殺す、殺す殺す殺す！　貴様ぁぁぁぁ！　殺してやるぞぉ！」

やつの足下から垂れ流れた黒い泥が大地を浸食し、一気に広がりを見せる。

そこから生まれる黒い竜にも似た四足歩行の魔獣。

ほんのわずかな間に大地を埋め尽くすように現れたそれらは、俺に向かって一斉に飛びこんできた。

「死んでしまえぇぇぇぇぇ！」

——ミーティア。

たった一言、そう呟く。

その瞬間、千を超える魔力球が生まれ、魔獣を滅ぼすために飛び交った。

まるで万軍がぶつかり合う戦場のような爆撃が、黒く犯された荒野の魔獣を吹き飛ばしていく。

「あ、が、あ……？」

空中で俺を見下しているファブニールは、あり得ない、と言いたげな表情。

魔力球は魔術師なら誰でも使える基礎中の基礎だが、俺の強力な魔力と極めた魔力操作によって必殺の魔術として昇華されている。

強力な魔術を使って一撃で吹き飛ばすよりも、こちらの方が相手の心を折りやすいため重宝していた。

「さて、いつまでも見下されると気分が悪いな」

二本指をファブニールに向けると、そのまま腕を地面に振り落とす。

「落ちろ――『グラビティ』」

「ぐ、おおおおおおお⁉」

抵抗は一瞬。

強力な重力魔術に対抗できず、地面に落ちるとそのまま這いつくばる。

俺は悠然とした足取りでファブニールに近づくと、その頭を踏み潰す。

ぐちゃりと、嫌な音と奇妙な感覚。

見ればファブニールの頭が粉砕し、まるでスライムを潰したように粘性の液体が周囲に飛び交った。

「ふん……」

足をどけると粘体は元に戻ろうと動き出し、少し時間をおくと再生された。

――クヴァールといい、こいつといい、なぜこんな敵ばかりなのか。

ただ力尽くで倒すだけなら苦労はしないというのに、面倒ばかりかけてくれる。

「貴様！　よくもよくもよくもぉぉぉぉ！」

「黙れ」

「っ――⁉」

再び頭を潰す。

先ほど攻撃したときの様子を見るに、ダメージがないわけではないのは一目瞭然。

ならば心が折れるまで永遠に潰してやろう。

「きさ――!?」

「ふざける――!?」

「いい加減に――!?」
十、二十と潰してやるが、さすがは龍と言うべきか、まるで堪えた様子も見せずに怒りは収まらない。
これではキリがないと思い、仕方がなく一度潰すのを止めてやる。

「殺してやる！　その内蔵を全て引き摺り出して、ぐちゃぐちゃに潰して、喰らってやる！」

「ミスティはどこだ？」

俺の言葉にファブニールはニィといやらしい笑みを浮かべると、自分の腹に手を当てた。

「美味かったぜぇ」

「……」

再び顔を潰す。

そしてそのまま魔術で身体を燃やしてやると、苦痛の声が荒野に響き渡った。

ただの挑発だとわかっていたが、これ以上くだらない問答をしてやるつもりはなかった。

「もう一度聞く。ミスティはどこだ？」

「だから喰ってやったと――」

元通りになろうとした瞬間、こいつの倒れている地面に白い魔方陣を展開する。

「お、おい貴様……なにをやろうとして……」

魔方陣が放つ聖の気配に気づいたのか、ファブニールが初めて怯んだような顔をする。

「なに、試しにやってみようと思ってな」

聖魔術は俺が一番苦手とする魔術だが、できないわけではないのだ。

魔力を無理矢理注ぎ込んで技術もなにもない力業で成立させてみせる。

――我ながら、魔術の天才とは思えないほど力任せなやり方だがな。

『ホーリーフレイム・オーバーリミット』

「ひぁ⁉　ギャァァァァァァァ⁉」

本来込めるべき魔力を大きく超え、魔方陣をオーバーヒートさせたことで本来の光とは異なる白い炎があふれ出た。

聖なる力の込められた炎は魔を滅ぼす。

暗黒邪龍と名乗った以上、属性としては魔に属するものか、それに近しいだろうと思ってやってみたが――。

「が、あ、ぁ……」

「思ったより効いたな」

先ほどまで散々悪態を吐いてきた男とは思えないほど虫の息となる。

再生することもままならず、ただ荒い息を吐き続けたまま倒れたファブニールの首を掴んで起き上がらせた。

「今回の首謀者が貴様でないことはわかっている」

ファブニールは小さく息を吐きながら虚ろな瞳で俺を見る。

その奥にあるのは、恐怖。

「これが最後だ。ミスティはどこにいる？」

「ぁ……ぅ……」

ゆっくりと、ファブニールが震える腕を上げて指をさす。

その方向には、ミスティが最初にいた龍骨があった。

「あそこか……」

その方向に歩き出そうとした瞬間、龍の咆哮《ドラゴンブレス》が飛んでくる。

咄嗟に受け止めようとしたが、前回とは比べものにならない威力であることに気づき、掴んでいたファブニールから手を離して回避した。

「か、はっ……ぁぁ」

龍の咆哮《ドラゴンブレス》に飲み込まれたファブニールはまともな声も出せず、全身が焼けた状態で地面に倒れ込む。

まだ生きているらしいが、もはや完全に虫の息だ。

「ふん……今度は本気ということか」

元々俺を狙っていなかったのか、龍の咆哮《ドラゴンブレス》はそれ以上飛んでこなかった。

力の強さ的に恐らくファブニールは真龍か、古代龍の眷属だろう。

古代龍に比べて力が劣るとはいえ、現存する種族の中では最強種の一角。

それを一撃で倒す力を持った存在がこの先に待っているのだとしたら——。

「まあいいか」

たとえ相手がどのような存在であったとしても、俺にとっては関係ない。

死骸に手を触れて魔力を流し込んだ瞬間、時空が歪み始める。

まるで時間を逆行しているかのように、なにもない荒野だったそこに緑が溢れ、生命力溢れる大地が広がった。

「この龍の記憶か」

そしてさらに時間は逆行する。

今度は大地が炎に燃え、空には二頭の龍がお互いを喰らい合うように争いあっていた。

空を飛ぶ龍は対照的だ。

片方は白い鱗が炎を反射して美しく、もう片方は黒く禍々しい魔力を纏っている。

憎しみ合っているのか、互いの命を喰らおうとする姿はなんとも荒々しい。

持っている力も先ほどのファブニールに比べて遙かに強く、神に匹敵する古代龍であるのは間違いない。

二頭の互角にも見える攻防は、しかしやや白龍が押されているようにも見えた。

「……」

これが過去の出来事であり、あの龍骨の生前の記憶だということはわかる。

だが過去という割には感じる空気の重さ、そして龍たちの圧力は間違いなく本物だ。

「時空がねじれているのか」

ここは俺にとって間違いなく過去だが、同時に『今の俺』にとっては現代でもある。

つまりこの時代、この瞬間の出来事に干渉でき、そして未来に影響を与えるということだ。

「敵がなぜここに私を呼んだのか、理由はわからんが……」

もしかしたらあの龍たちと同士討ちにでもさせようとしているのかもしれない。

「思惑に乗ってやるのも癪だが、あの龍たちの力は覚えがある」

俺に対して龍の咆哮《ドラゴンブレス》を放ってきたのは、あの龍たちだろう。

あれが意図的だったのか、それとも龍の墓場に入った瞬間、自動的に迎撃されるシステム的な物だったのかはわからないが関係ない。

俺に攻撃を仕掛けてきた以上、やつらは敵だ。

『――――っ⁉』

俺は一気に飛び上がり、二頭の龍の間に入る。

突然の乱入者に驚いた黒い龍が、邪魔だと言わんばかりにブレスを吐いてきた。

「レーヴァのものと比べてなんとも脆弱なものだな」

手をかざし、魔力の壁を生み出してブレスは完全に遮断する。

しばらくしてブレスが止むと、黒龍は信じられないと驚いた顔をしていた。

「堕ちろ」

ただ一言、俺の言葉に反応するように空間が軋むと、魔力の靄が黒龍の上空に現れ、そのまま押しつぶすように地面に落としていく。

「さて……」

黒い靄に捕らえられ、地面でもがき苦しむ黒龍から視線を外し、白龍を見る。

美しく輝く身体から発せられ、もしこの龍が人里に現れれば神の使いとあがめ称えられるかもしれない。

だが――。

「内面に宿したどす黒い魔力が隠しきれていないぞ？」

他の生命を全て下等種族と見下し、せいぜい餌程度にしか思っていないのがわかった。

白龍も同じように地面に落としてやると、二頭は俺の魔術によって苦しみ暴れながら睨んでくる。

だが地面に這いつくばる姿では、たとえ龍といえど威厳もなにもない。

「ふはは！　なんとも惨めな格好だな！」

『ギャ――!?』

「どうした、それでも最強の種族と謳われる存在か？　この程度、レーヴァなら自力ではじき返すぞ？」

龍は賢い種族だ。人間である俺の言葉もはっきり理解できているのは間違いない。

だからこそ、己を侮蔑的に扱う俺のことを憎しみに満ちた瞳で見ている。

「まあ、貴様たちはそこで這いつくばっているといい」

そうして俺は地面に降り立つと、とある場所の前で止まる。

「……ここにいるのだろう？」

手をかざし、魔力を込める。

星すら動かす俺の魔力は時空の流れすら歪ませ、空間が切り替わる。

そうして一部分だけ変わった景色のそこにいたのは、先ほど落とした白いドラゴンとは異なる美しい白銀の龍。

地面に座り込み、黄金の瞳で悠然とこちらを見つめていた。

『……』

「貴様に気づいたこと、驚いたか？」

俺の問いに銀龍はただゆっくりと首を横に振る。

そのほんのわずかな動きだけで、背後のドラゴンたちが怯えた雰囲気を出した。

現代に比べ、この時代の龍は強い。

二頭の龍たちも、もし現代に現れれば大陸が壊滅しかねない力を宿している災害だ。

だがそれでも、目の前の白銀龍の持つ力に比べれば、なんとも可愛らしいものか。

『貴方のような方を待っていました』

先ほど白龍を見て、神と思われるかもしれないと表現した。

しかしこの銀の龍は、まさしく神そのもの。

『この子を、お任せします……』

それだけ言うと、肉体が光の粒子となって消え、最初に見たときと同じ骨の死骸になった。

「……勝手なことを言う」

その傍に残された白銀色の卵。

ただそこにあるだけなのに、強大な魔力を感じる。

「温かいな」

触れてみると、生きようとする強い生命力を感じた。

俺が卵を持った瞬間、二頭の龍がなにかを喚き始める。

どうやらこいつらは、この卵を狙っていたらしい。

「煩い、邪魔だ」

俺は振り向かず、黒い魔力を圧縮して背後の龍たちを潰そうとする。

しかし絡み合った魔力はなぜか霧散し始め、はるか上空へと流れていった。

「なんだと？」

おかしい……少なくともあの二頭の龍では俺の魔力から逃れられないはず。

空を見上げると、この草原を温かく守っていた太陽が徐々に黒く浸食されていた。

「これは――!?」

魔力の拘束から先に逃れた白龍が、なにかに気づいたように逃げだそうとする。

しかしそれより早く空から落ちてきた黒い閃光が貫き、その場に倒れた。

黒龍はそれを見て同じく逃げようとするが、結果は同じ。
生命力を吸収されるように、金の粒子となって太陽へと向かって行く。
その光景はまるで、世界の終わりのように――。

第十章　無限龍ウロボロス

「くっ⁉」

時空の流れが急激に変わり始める。

この時間軸に来たときのように、凄まじい風とともに世界の時間が流れ、生命力溢れる大地は死の荒野へと変貌した。

そして腕の中にあった卵が変化していき、光と共に少女——ミスティの姿になる。

「ぱぱ……！」

「いつも言っているだろう。心配するな」

不安そうに見上げるミスティの頭を軽く撫でると、首に腕を回して抱きついてきた。

ここに来たときと変わらぬ錆びた世界の荒野。

異なるのは、空に浮かぶ太陽が黒く浸食していること。

そしてその力は、明らかに過去に飛んでいたときよりも強くなっている。

「まったく、厄介なことだ」

同時に、前後左右から飛んでくる龍の咆哮《ドラゴンブレス》を円形の魔力障壁で防ぐ。

突然の衝撃にミスティが怯えているが、最初から来るとわかっていた攻撃で俺の魔力障壁を突破することなど不可能。

『アァァァァァァァァ！』

「うっ——⁉」

上空では明確に俺を敵と認識したのか、黒く染まった太陽が甲高い叫びを上げる。

それは徐々に大きくなりながら地面に近づくと、黒い泥となって大地に落ちてきた。

「ミスティ、しっかり捕まっていろ！」

「っ――!?」

ミスティは怯えながらも俺の言葉にしっかり反応し、両手を首に巻きつけてきた。

俺はそのまま空を飛び、黒い泥に浸食された大地を見下ろす。

先ほどまで荒野だったその大地は、黒い海によって沈められてしまった。

「さながら混沌の海だな」

あれに触れれば俺ですらどうなるか怪しい。

原初の力――最上級神に匹敵する。

「ぱぱ……ごめんなさい」

「なにがだ？」

「……まきこんじゃったから」

申し訳なさそうに謝るミスティの頭を撫でてやる。

「龍の墓場を探しに来たのは私たちで、貴様を迎え入れることを決めたのも私の判断だ」

「でも……」

「自ら選んだ選択の結果を他者に委ねることはない。それは帝王学に反するからな」

それはこの世界に生まれてからずっと学んできたこと。

シオン・グランバニアを演じるためだけにやってきたことであるが、いつの間にか骨の髄まで染み込んでしまった考え方だ。

「そもそも、あんなものが解き放たれたら大変なことになっていたが……ここで倒せるなら問題ない」

「あれ、たおせないよ？」

「やってみなければわからんさ」

見下ろすと、混沌の海から一人の男——ファブニールが現れる。

だが、その瞳に光はなく、正気を保っているようには見えなかった。

「喰われたか」

「うん……もうあれはにんぎょう」

人形、か。

やつは真龍ではなく、この力の主が現世で力を振るうために作られた存在だったのだろう。

こちらを見上げながら手を伸ばしたファブニールは、まるで操るように混沌を飛ばしてきた。

「ぱぱだめ、よけて！」

黒い鞭のように飛んでくるそれらを魔術障壁で受け止めようとすると、ミスティがそう叫ぶ。

混沌が触れた瞬間、焼ける音とともに障壁の魔力を浸食してきた。

「ちぃっ！」

魔力が奪われる感覚に、受け止めるのは下策だと判断して防壁を解除し、回避に専念する。

躱しながらミーティアで反撃をするが、まるで泥人形を貫いても意味がないと言わんばかりにすぐ再生してしまう。

「私の魔力を喰っているのか……」

人の魔力で回復して、その力を取り込んでこちらに攻撃してくるのだからずいぶんとエコなことだ。

「さて、どうするか……」

攻撃をされたから反撃をしたが、そもそもあのファブニールはミスティの言うようにただの人形。

今俺を攻撃してきている本体はあの混沌の海そのものだ。

「ミスティ、あれはいったいなんだ？」

「あれは……うろぼろす。むげんのりゅうだよ」

「無限龍ウロボロス……」

少なくとも俺がクリアしてきた『幻想のアルカディア』には設定すら存在しない敵だ。

もしかしたら死んだあとに続編でも出たのかもしれないが、少なくとも前世の知識にはいなかった敵。

とはいえ、ではまったく知らないかと言うとそんなことはない。

「帝都の図書館で見たことがあるな。かつて現神が現れるよりも更に以前、旧神によって恐れられ、次元の狭間に封印された存在だと」

「……」

「そのとき、次元を司る龍が封印に協力したらしいが……貴様の先祖がそうか」

「うん」

敵の攻撃を避けながらミスティに問いかけると、否定もせずに頷いた。

最上級の神に匹敵する力を持った龍が助けを求めるとしたら、その敵は生半可なものではないと思っていたが……。

「まさか神代以前の怪物が出てくるとはな」

しかしこの混沌の海を見れば、それもうなずける。

「それで、どうすればこいつを滅ぼせる？」

「いま、うろぼろすのほんたいはじげんのはざまにふういんされてて、まだこのせかいにいないの」

「ふむ……」

舌足らずでありながら、ミスティは必死に言葉を紡ぐ。

この力も、次元の狭間から漏れ出した一部でしかないというのであれば、その本体の力は如何ほどのものか。

「ふういんをといたら……たおせる、けど……」

「なら解くがいい」

「え？　でも……」

「たとえ相手がなんであろうと、私は負けん」

それにこの状態のまま放置しておくわけにもいかないしな。

結局のところ、ウロボロスは現世に干渉することができるのであれば、大陸がこの混沌の海に覆われるのも時間の問題だ。

であれば、ここで始末することこそ最善の結果。

「……ぱぱ、かてる？」

「勝てるとも。なにせ私は、この大陸で最強の魔術師だからな」

飛んできた黒い海を弾き飛ばしながら、自信を持ってミスティに言ってやる。

そもそも、俺が勝てない悪意を持った敵がいるとしたら、それはもはや大陸滅亡の運命そのもの。

ならば受け入れるほかあるまい。

「しんじる」

「ああ」

覚悟を決めた瞳を見せたミスティは俺から手を離すと、その場に浮く。

そして白銀の光を身体から輝かせると、その光はこの龍の墓場を全て覆うように広がっていった。

混沌の海は浄化されるように黒い太陽の元へと向かっていき、そして大地を覆っていた全てがなくなった頃、上空から凄まじい力を感じた。

「ぱぱ、がんばってね」

光が消え、力を失ったミスティがそのまま地面に落ちようとする。

その小さな身体を受け止めたと同時に、黒い太陽から巨大な存在が落ちてきた。

二足で着地した瞬間、大地を揺るがすほどの巨大な龍だ。

見た目は闇色の龍といった風貌だが、よく見るととても歪な姿をしている。

翼は左右で黒白になっていて、過去の次元で喰らい合っていた二頭の龍。

ウロボロスの腰に、自らの尻尾を喰らうように巻きついているのはファブニール。

自らが喰らってきた龍を混ぜ合わせたようなその姿は、あまりにも醜悪だった。

「なるほど。これが……」

ゲームの『幻想のアルカディア』には存在しない、しかしこれまで感じたことのないほど圧倒的な存在感。

破壊神クヴァールや創造神エステアにも匹敵する、龍の最高位。

「無限龍ウロボロスか」

『ヴォォォォォォォォォ！』

甲高いような、鈍いような、二重の雄叫びが混ざり合った声はあまりにも不快な音だ。

解き放たれた破壊の光線は俺を飲み込もうとし、回避をする。

音が遅れて聞こえ、空間を割って世界を壊した。

「この私でも防ぐこともできん威力だな。だがそれならそれでやりようがある」

幻影魔術を使い、分身を空中に展開。

ウロボロスの目には、無数に浮かぶ俺の存在が見えることだろう。

「「「さあ、喰らうがいい」」」

出鱈目に攻撃をしてくるウロボロスに対して、全方位からミーティアを喰らわせてやる。

これまで散々やられてきた龍の咆哮《ドラゴンブレス》に対する意趣返しだ。

『ヴォォォォォォォォォォ！』

「ちっ！」

ダメージはないようだが、苛立ちは感じている様子。

俺の幻影を龍の咆哮《ドラゴンブレス》でなぎ払ってきた。

次々と消えて行く幻影に紛れながらウロボロスの背後に回り、手を掲げて巨大な闇の槍を生み出す。

こちらの存在に気づいたウロボロスが振り向こうとするが――。

「遅すぎる。『グングニール』！」

腕を振り下ろし、ウロボロスの巨躯に負けない闇の槍が背中を襲う。

グングニールはミーティアのような下級魔術とは違う、上級魔術だ。

そのクラスの魔術を俺が本気で使えば、地形すら変えてしまう威力を誇る。

だが、それですらウロボロスの鱗を貫くことはできなかった。

「これも効かないのか」

翼になっている二頭の古代龍の口から再び光線が放たれ、回避したせいでグングニールが霧散してしまう。

攻撃力、防御力ともに俺がこれまで戦ってきたどの敵よりも強く、このままではジリ貧だ。

「手段がないわけではないが……」

グングニール以上の魔術となれば、いくらこの身体と才能があっても時間がかかる。

その隙をこいつが作らせてくれるかというと、中々厳しい。

「ぱぱ……」

腕に抱えたミスティが心配そうに見てくる。

問題ない、と言ってやりたいところだが、それを言うより早く翼を広げたウロボロスが飛び上がり、まるでジェット機のように迫ってきた。

身体全身を使って突撃してくるウロボロスを躱す。

しかし、その風圧でかなりの距離を飛ばされ、バランスを整えているうちにUターンしてきたウロボロスが再び迫ってきた。

巨大で、なによりも強く、硬い身体。

それだけあれば他の攻撃など必要ないのだと言わんばかりに、ただ勢いよく突撃してくるだけ。

実際、もしここが次元の異なる龍の墓場でなければ、帝国は凄まじい被害となっていたことだろう。

「ミスティ！　少し我慢しろ！」

「うんっ――――!?」

俺は飛行速度を上げて距離を取り始める。

急発進したことで、腕の中のミスティの力が籠もるが、今は構ってやる余裕はあまりない。

俺の全速力とほぼ同等の速さで迫ってくるウロボロスに捕まってしまえば、その時点でこちらに勝ち目はないのだ。

空を駆け、大地スレスレを飛び、攻撃を躱しながら魔力球で反撃をし続ける。

そうしたやり取りをしばらく続けたあと、俺はウロボロスをギリギリまで引きつけたあと、一気に高度を下げて地面に降り立った。

『ヴォォォォォォォォォォ！』

「ふん、ただ突撃するだけでこの私を倒せると思うなよ」

ウロボロスは軌道を変え、地面にいる俺に向かって突撃してくる。

しかしそれは俺が幻影魔術で作った偽物。

勢いに乗ったその速度を止めることは本人にもできず、凄まじい轟音とともに大地に埋もれていった。

「このまま埋もれてしまえ。『アースクエイク』！」

アースクエイクは大地震を引き起こして敵を倒す上級魔術だが、この程度ではダメージは与えられないだろう。

これはただ、やつが地面の中から出にくくするためだけの、嫌がらせと時間稼ぎだ。

ウロボロスが地上に出ることができないうちに、俺は太陽に向かって一気に高度を上昇させる。

「さて、間に合うか？」

太陽を背に、荒野を見下ろしながら体内の魔力を集め始める。

地上ではまだウロボロスは出てこられないようで、しかし動くたびにこの荒野世界を破壊するような激しい震動が響いていた。

やつを倒そうと思ったらかなりの魔力が必要だが、その時間を稼ぐ必要がある。

幻影魔術で俺の分身を地上にばらまき、本体である俺の姿は雲を操って隠しながら、同時に魔力が漏れないようにもする。

だがそれでも――。

「ちっ！　やはりそう簡単にはいかんか」

地上に出てきたウロボロスは最初こそ幻影をなぎ払うなどしていたが、煩わしくなったのだろう。

自らの身体から再び混沌の海を溢れ出させ、大地を埋め尽くした。

『ヴォォォォォォォォ！』

当然地上の幻影は全て消え、置いていた幻影もすぐにブレスで焼き尽くされていく。

すべてが消え、納得すれば良いものをやつは辺りを見渡す。

野生の本能か、それとも純粋な感知能力か。

周囲にいないとわかってすぐ、太陽――すなわち俺のいる場所を見上げ、一気に飛び上がってきた。

「ぱぱ！　きたよ！」

「わかっている。だがこれではまだ――」

一瞬の逡巡。

その躊躇いが致命的になってしまい、ウロボロスの接近を許してしまう。

このまま魔術を解き放っても、一時的にやつを怯ませる程度にしかならないだろう。

――だが、それでもやるしかない！

そう判断して魔術を放とうとした、その瞬間――。

『ヴォォォォォォォォ！』

突如横から飛び出してきた炎に飲み込まれたウロボロスが、苦悶の声を上げながら混沌の海に落ちていく。

――いったいなにが……？

「ままだ！」

「なに？」

俺が気づくより早く、ミスティが嬉しそうに声を上げる。

炎が飛び出してきた方向を見ると、緋色の鱗に身を包んだレーヴァが凄まじい速度でこちらにやってきた。

ほぼ同時に、混沌の海から飛び出してきたウロボロスが再び俺に迫るが、レーヴァがその鋭い爪で襲いかかる。

『ヴォォォォォ！』

『ガァァァァァ！』

まるで怪獣映画に出てくる怪獣同士の戦い。

勢いよく掴みかかったレーヴァだが、パワーはウロボロスの方が強いのか、無理矢理引き剥がされる。

そしてそのまま首を掴まれ、一気に混沌の海に落とされそうになる。

「まま!?」

『我を、舐めるなぁぁぁぁ！』

叫びとともにレーヴァは上手く身体を動かして顔を掴み直すと、そのまま反転するようにウロボロスの身体を下にし、海へと落とす。

さらに追撃と言わんばかりに炎のブレスを放つと、黒かった海は赤く燃え上がり世界を燃やした。

——世界を燃やし尽くすレーヴァテイン、か。

俺がまだ皇子だったときに調べた文献にそう書かれていた。

古代龍はこの世界ではもはや言い伝えだけしか残っていないが、その名に恥じぬ力を持っているのは間違いない。

『……主よ、迷惑をかけた』

俺の近くまで浮上し、守るように前に立つと神妙な声でそう言う。

呪いのことを言っているのはすぐにわかった。

俺自身は生まれたときからクヴァールの器として様々な耐性をつけてきたから何の問題もないが、古代龍であるレーヴァすら弱らせるような呪いを受けさせたことを申し訳なく思っているらしい。

「もう大丈夫なのか？」

『ああ。それに……』

「まま！　まま！　まま！」

『……油断し、ミスティも奪われ——』

「そんなことは今はどうでも良い」

近くにレーヴァがいることがよほど安心しているのか、ミスティはままと呼び続ける。

「貴様は本来私が守るべき者たちをすべて守りきった。そこに誇ることがあっても卑下する必要などない」

『……むぅ』

納得していない様子だが、こいつもプライドが高いから仕方がないか。

俺としては、フィーナや街を守ったことを褒めてやりたいところだが――。

「それはやつを倒してからにしよう」

レーヴァの攻撃を受けてなお、大したダメージが入っていないのか、ウロボロスは怒りの形相でこちらを見上げてくる。

すぐに突撃してこないのは、こちらを警戒しているからか。

『まったく、クヴァール並の化け物だぞあれは。どこにいたのだ』

「貴様よりも更に昔にミスティの祖先が封印した龍だ。それで、どれくらい抑えられる？」

『はっ！　抑えるどころか殺し尽くしてくれるわ！』

「レーヴァ」

『っ――!?』

俺の声のトーンが低かったからか、レーヴァが気まずそうな雰囲気になる。

「強がりはよせ。龍は古ければ古いほど強い。そしてあれは、間違いなくこの世界最古の龍だ」

『……だがあれは、ミスティを狙っているのだろう？　だったら、我にとっても敵だ。たとえやつの方が強かろうと、我は絶対に退かんぞ』

「まぁ……」

まさかレーヴァがこんなに情を持っていたとはな。

これでは本当の母親のようではないか。

「あれは私でさえ、一人では手に余る。だが貴様がいれば問題ない。だからこそ敢えて言うぞ」

『……』

「私のために時間を稼げレーヴァテイン」

『ああ、わかった！』

地上から極大な龍の咆哮《ドラゴンブレス》を放ってきたが、俺はもう魔術障壁を展開しない。

なぜなら世界最強の龍がその前に立ち塞がるからだ。

『この程度で、我を倒せると思うなよぉぉぉぉ！』

龍の咆哮《ドラゴンブレス》を受け止めたレーヴァは無傷とはいかないだろう。

だが魔術を除いた単純な肉体スペックだけでいえば、レーヴァは俺を遙かに上回っている。

「もう私はこの魔術にだけ集中する。その間、いけるな？」

『もちろんだとも！　ミスティ！』

「……？」

一瞬だけ振り向いたレーヴァは、とても優しい瞳でミスティを見つめる。

『貴様の母親がどれほど凄いか、よく見ておくと良い！』

ブレスを受け止めきったレーヴァは、再び大地を埋め尽くそうとしている混沌の海を炎で吹き飛ばす。

そしてそのままウロボロスに突撃して片翼――白の龍を噛み砕いた。

すぐに再生するが、噛み砕いた内部から炎を吹き込んでウロボロスの内部から吹き飛ばす。

「やったぁ！」

「まだだ！」

泥となって辺りに飛び散ったウロボロスの半身だが、一撃で魂ごと滅ぼさなければやつは復活する。

しかしそれはレーヴァもわかっているのか、一度距離を取って炎で焼き尽くしにかかった。

今のやつの役目は時間稼ぎ。

それがしっかりと伝わっている。

「あとでやつの好物の焼き鳥を好きなだけ喰わせてやらねばな」

全身に魔力を浸透させる。

この世界に来て、この身体に生まれ変わってから、本当の意味で限界を超えた力に俺は手を染めようとしていた。

間違いなく世界を滅ぼすだけの力となり、それはきっと神も許さぬものだ。

――だが関係ない。

腕の中のミスティを見る。

たとえ神が俺の存在を危険視しようと、父と慕い助けを求めてきた者を俺は受け入れた。

ならばもう、守るのは当然のこと。

「まま、がんばってぇ！」

見れば復活したウロボロスとレーヴァが掴み合い、互いの首を狙っていた。

分が悪いのはレーヴァだが、それでもやつは必死に食らいついている。

俺はもう、外界の情報を一切排除したただ魔力の収束に集中する。

――ウロボロス……やつは一つの世界そのもの。

最高神や破壊神というのは、そういう存在なのだ。

ならば、倒すには世界を滅ぼす一撃が必要となる。

『ヴォォォォォォ！』

「まま!?　ぱぱ！　こっちにくるよ――！」

ミスティが叫んでいるが、俺は目を閉じて魔力を高め続ける。

近くでレーヴァの声が聞こえるし、すぐ近くで戦っている気配も感じた。

『やらせんぞ――！』

だがウロボロスの攻撃が俺に届くことはないと信じる。

――信じる、か。

そういえば、天秤の女神アストライアとの戦いでも、俺はフィーナを信じてこの心臓を差し出したな。

この世界に、この身体に生まれ変わり、生まれたときから自らの手で育て続けたジークを除けば誰一人信じてこなかった。

貴族たちは自らの保身のために動く者がほとんどで、謀反の種は容赦なく刈り取り、一族郎党を皆殺しにする決断すらしてきた。

俺によって家族を殺された者、俺のせいで大切な者を失った人間がどれほどいることか。

だがそれでも、俺は孤独の中で王道を歩んできたという自負がある。

――我ながら、最低だな。

自分のことに苦笑してしまう。

これだけ最低なことをしてきても、振り返ることも悪いとも思っていないのだから、シオン・グランバニアは筋金入りの悪だと前世でサラリーマンをしていた俺が言う。

そんな俺が、まだ出会って一年も経っていない者たちに絶大の信頼を置くのも不思議なものだ。

――だが、それも悪くない。

白と蒼の魔力が世界を覆い始める。

それは空から徐々に大地に降り始め、いつの間にか小さな雪となった。

「きれぇ……」

「そうか？　なら今度は本物でも見に行くか」

雪は再び生み出されていた混沌の海に触れる。

それと同時に氷が生み出され、氷河となり海を走りだした。

ほんのわずかの時間で混沌の海は凍りつき、波打っていた黒の世界は氷雪の大地に変わった。

『ヴォォォォォォ！』

レーヴァと組み合っていたウロボロスがなにかを感じたのか、無理矢理剥ぎ取って俺の方に飛んでくる。

慌ててレーヴァも駆け寄ってくるが、見ればよほど無理をしたのか全身傷だらけで満身創痍な状態だった。

「レーヴァ、よくやった」

俺の世界では何度も種の絶滅が繰り返された。

それは一つの世界に終わりを告げる。

――『アイスエイジ』。

小さく呟いた瞬間、白い雪に覆われたウロボロスの動きがどんどんと鈍くなり失墜していく。

氷の大地に落ちると、そのまま全身を氷に覆われて生命力を奪われ倒れてしまう。

世界は終わり、そして再び始まりへと繋がる。

あれほど怒りを振りまいてきたウロボロスの荒息は段々と小さく、穏やかなモノに変わり、そして白い吐息へと変わった。

『……終わりだな』

「ああ……」

無限龍ウロボロスは死と再生の象徴であり、普通に殺しても無限に再生してきただろう。

だから俺は、この世界ごと終わらせることにした。

近づいて来たレーヴァは人型になると、俺に抱きついているミスティを抱き寄せる。

「まま、いたくない?」

「ああ、痛くないぞ。我は強いからな」

「そっかぁ」

穏やかなやり取りを横目に、俺は氷の大地に着地する。

そしてウロボロスの前に立つと、その瞳を見た。

――こいつは、死を求めていたのだな。

「たった一人、無限の刻を次元の彼方に封印されていたのだから、それも当然か」

「……我も神々に封印されていたからな。気持ちはわかる」

ミスティを狙っていたのも、自らの封印を解くためというのもあったのだろう。

だがそれ以上に、あの永遠の苦しみから解放されたかったのかもしれん。

「次元龍も、死を求めてミスティに私たちを呼ばせたのだろう」

「そうなの？」

「多分な」

この小さな龍はなにもわかっていないまま、巻き込まれただけだ。

だがそれでも自分のやるべきことはわかっているのか、氷面に降り立つとウロボロスに近づく。

「またね」

それは次元を司る龍だからこそ言える言葉。

ウロボロスはそれを聞くと力尽き、瞳を閉じた。

「主、龍の墓場というのはな」

「……」

「死んだあと、ああして次元の彼方に送って貰った先にある」

白銀の世界に、白銀の扉が開かれる。

それを生み出したのは次元龍ミスティルテイン。

無限龍ウロボロスの死骸は、黄金の粒子となってその扉によって吸い込まれて消えて行く。

「そしてまたどこかの時代、どこかの時間軸で生まれ、育ち、その時代の次元龍によって最後を見送られるのだ」

「そうか……美しい光景だな」

しばらくして、ウロボロスの死骸は完全に消えてしまう。

それと同時に、力を失ったようにミスティが倒れそうになり、俺が受け止めようとするが――。

「まったく、そんなにフラフラしてたらこけるぞ」

「ぁぅ」

先に前に出たレーヴァが抱きしめ、そのまま抱っこをする。

「……だいぶ慣れたな」

「なんだ主、羨ましいのか？」

挑発的に笑うが、別に羨ましいなどとは思っていない。

ただまあ、力なくすべてを任せきったミスティは中々愛らしいとは思った。

「さあ、帰るぞ」

「うむ」

「はーい」

氷の大地を踏みしめながら、ミスティの開いた扉をレーヴァたちが先に通る。

俺は一度だけ振り返り、最初に龍の死骸があった場所を見て呟いた。

「これから先、ミスティが一人前の龍になるまでは私が守ってやる」

最後の最後までミスティを見守り続けた存在。

気づいていたのは俺だけらしいがまったくもって過保護すぎる。

「だから貴様はもう、のんびり眠るがいい」

どこか遠くの空から笑うような声が一瞬だけ聞こえ、そしてその声の主は消える。

どうやら今度こそ、本当にこの世界からいなくなったらしい。

すでに骨すら残らずこの次元から姿を消した白銀龍を思い出しながら、森を抜けるために歩き出すのであった。

エピローグ

ミスティを取り戻してから半月。

龍の騒動は帝国騎士団が解決したことになり、城塞都市ドルチェも落ち着きを見せている。

今は街の住民、冒険者、騎士と多くの人間が入り交じって復興に力を入れていた。

そんな中、俺たちは変わらずこの街で冒険者として活動を続け――。

「シオ……リオン。そろそろ南の王国への入国許可証が発行できるみたいだぞ」

「ようやくか。待ちわびたぞ」

「あ、その……すみません」

「ただのCランク冒険者にギルド長がそんな情けない態度を取るな。舐められるぞ」

まあこいつはもうドルチェ伯爵を通して俺の正体を知っているから仕方がないといえば仕方ないか。

元Sランク冒険者とはいえ、さすがに元皇帝が目の前にいてはな。

「もうすぐ私はいなくなる。せいせいするだろう？」

「じょ、冗談でもそういうこと言わないでくだ――言うなって！」

少し揶揄いながら、ギルドを出る。

今日は休養日にしているのにタイミング悪く呼び出されたから、ちょっとした意趣返しだ。

「さて、やつらはもう店にいるのだったな」

宿を出る前、今日は甘い物を食べるんだよー、とミスティがご機嫌だったのを思い出す。

レーヴァにはあまり甘やかさないように言ったが……。

「フィーナは目を離すと際限なく甘やかすからな」

早く合流しないと晩ご飯を食べられないくらいお菓子を食べ続ける気がする。

レーヴァも肉を与えたらすぐに裏切るのが厄介だ。

「ようリオン！　そんなに早足でどうした？」

「む、マーカスか」

朝早くから魔物狩りにでも出ていたのか、少し血の匂いがする。

「今から飯か？　だったら一緒にどうよ」

「構わんぞ。ただこの後フィーナたちと合流するし、そんな血の匂いをさせていたらミスティになにされるかわからんがな」

「げっ……」

以前散々ミスティをけしかけたせいで若干トラウマになっているのか、マーカスの表情が引き攣る。

「冗談だ。それより、まだこの街にいたのだな」

「伯爵にも頼まれてるし、もうしばらくはな」

Sランク冒険者というのは貴族の間ではあまり広まっていないが、一般市民の間では実力が知れ渡っている。

ここ最近の情勢の悪さを考えたら、市民が安心する者がいるのは都合が良いのだろう。

「イグリットのやつはさっさと帝都に戻るし、バルザックはあれだからなぁ……」

「ああ、あれか……」

元Sランク冒険者の魔術師であるバルザックは、俺のことを勝手に心の師として仰いでいる。

新しい考えを思いつくたびに俺のところに来るのだが、煩いのでそろそろなんとかしたいのだが……。

「そういえばバルザックのやつ、この間もまた龍の嬢ちゃんになんか渡してたぜ」

「意外と厄介なやつだ」

俺が面倒だと思っていることに気づいてるらしく、外堀を埋めてくる作戦に出てきたのだ。

おかげでミスティなど最近、バルザックが来たらお菓子を貰えるものだと認識してしまい、喜んでしまうようになってしまった。

「……一度ミスティに蹴らせるか」

「それは誰かすぐ回復できるやつが近くにいるときにしろよ」

「ふん、魔術師なのだからそれくらい自分でなんとかするだろう」

バルザックもSランク冒険者だが、やつは元々いたパーティーを勝手に解散したので判定が難しい状況。

なので唯一この街に残ったSランク冒険者がマーカスというわけか。

「ま、この街は飯も美味いし、それなりに小遣い稼ぎにもなるから丁度良い感じだぜ」

「帝都のギルドは困らないのか？」

「あっちはまあ、大層な騎士様たちがいるからよ」

それもそうか。

この大陸の魔物は北に行けば行くほど強力になり、帝都方面にいる魔物たちは最強クラス。

とはいえ、それで帝都が脅かされるならさすがに俺も旅などしている暇はない。

人類最高クラスの実力を持つ帝国騎士団が守護し、ジークがいる以上、そうそう危機には陥らないだろう。

「そういえばシャルロットのやつ、Sランクに昇格したらしいぜ」

「ほう……そういえば貴様が冒険者として鍛えていたんだったか」

「おう。筋は元々良かったし、すぐいろんなこと吸収して資格も十分だ」

シャルロットは一時的に俺が預かったが、ウロボロスの件が終わったので再び冒険者として活動をしていた。

ほぼ内定済みだったが、実際に結果が出たらしい。

「ならそろそろ声がかかるかもしれんな」

「声?」

「気にするな。こちらの話だ」

なんだかんだシュルロットのことを気にしていたドルチェ伯爵のことだ。

すでにSランクになったことも把握して、準備をしているに違いない。

そんな雑談に興じた後、マーカスとはギルド近くで別れた。

後ほど合流する気満々らしいが、あれだけ血の匂いをつけた状態だと本当にミスティに攻撃されるかもしれん。まあいいか。

「Sランク……そして騎士か」

フィーナたちがいるであろう店に向かいながら、シャルロットのことを思い出す。

そろそろ俺も、きちんと向き合うべきだろうと、そう思った。


それから数日後、俺はドルチェ伯爵の屋敷を訪れていた。

「リオン様のお姿、やはり慣れませんねぇ」

「ただの冒険者相手に伯爵がなにを言っている？　それより貴様に聞きたいことがある」

「はい、なんでしょう？」

「シャルロットに刺客をけしかけたのは、貴様だな？」

俺の言葉にドルチェ伯爵は笑うだけでなにも言わない。

ウロボロスの眷属であるファブニール。

あれによってSランク冒険者のイグリットやバルザックは敗北し、操られていた。

その少し前にシャルロットも同じ襲撃を受けて操られていたのだが、後で聞いたら別件での襲撃があったらしい。

そしてシャルロットに俺を攻撃する理由があると告げたのは、ファブニールとは違う刺客だったらしい。

「俺の正体やこの街にいること。そしてわざわざシャルロットをけしかけようとする存在など貴様しかいないからな」

「それだったら、どうしますか？」

「……別にどうもしない」

「おお？」

結局のところ、こいつは生粋の帝国貴族であり、俺に忠誠を誓っている。

だからこそ、シャルロットが俺に敵意を持っているか調べただけだろう。

そもそも、俺の力を知ってる伯爵が、Aランク冒険者を使ったところでどうにかできると思うはずがないからな。

「だが、あまり勝手なことはするなよ？」

「ええ。善処します」

まったく反省した様子を見せない辺り、狸だと思ってしまった。

丁度そのタイミングで扉の外からノックの音。

「Sランク冒険者のシャルロットです！　お呼びでしょうか伯爵！」

「ええ。どうぞ入ってください」

「失礼します！　……え？　リオン殿？」

緊張した面持ちで入ってきたシャルロットは、俺を見て呆気にとられた顔をする。

Sランクになったこと、そしてドルチェ伯爵に声をかけられたことで色々と準備があり忙しかったため、しばらく会う機会がなかったが、元気そうでなによりだ。

「久しいな」

「あ、はい。最近は忙しくて中々会いに行けず……どうしてここに？」

「それはドルチェ伯爵が説明する」

伯爵を見てそう言うと、シャルロットは戸惑った様子を見せる。

さすがにもう、俺がただの冒険者ではないことくらいは理解しているだろうが、相手は帝国でも上位貴族の一角。

それを顎で使うような態度に違和感を覚えたのだろう。

「よく来てくれた。君の噂は聞いているよシャルロット。素晴らしい冒険者がいるとね」

「は！　光栄です！」

そんな戸惑いも一瞬で消し、まるで本物の騎士のような振る舞いを見せる。

切り替えの早さ、そしてその見事な動きにドルチェ伯爵も満足そうだ。

「帝国は常に優秀な人材を求めている」

「っ――!?」

どうやらシャルロットは、これから自分がなにを言われるのか察したらしい。

凜とした態度だが、期待と緊張の気配が混じっていた。

「もし君の実力が噂通りなら、騎士に推薦しようと思っているのだよ」

「本当ですか!?」

「なんだと？」

俺の声はシャルロットの言葉が重なり、かき消えてしまう。

――推薦だと？　なぜこいつは自分で騎士に召し上げない？

ドルチェ伯爵は以前からビスマルク男爵と交流もあり、シャルロットのことを人一倍気にしていたはずだが……。

「さて、とはいえなにも知らずに推薦はできない。君が騎士に相応しいかを見る必要があるので――」

俺が睨んでいるのがわかったのか、ドルチェ伯爵はわざと視線を逸らして無視しながら話を進める。

中々良い度胸しているし、本当に反省しないやつだな。

「おい貴様――」

「このリオンと戦ってもらおうか」

俺が声をかけようとした瞬間、そんなことを言ってきた。

「……なんのつもりだ？」

「言葉の通りですよ。貴方と戦ったら騎士に推薦するという話です」

「この私を利用してなんの――」

「わかりました。戦います！」

問い詰めようとするより早く、シャルロットが返事をしてしまう。

それを満足げに頷いたドルチェ伯爵だが、俺はまだやるとは言っていない。

「おいシャルロット……」

「リオン殿、お願いします。これは私の……夢なんです」

真っ直ぐな瞳で俺を見てくる彼女には、覚悟があった。

それはかつて俺に一太刀を与えた騎士を思い起こさせる。

「……私は戦いとなれば容赦はしないぞ」

「望むところです！」

俺の実力は知っているだろうに、なぜこんな嬉しそうな反応なのだ。

呆れてしまうが、一度頷いた以上こちらも退くつもりはもうない。

「良いだろう。ドルチェ伯爵、剣を寄越せ」

「あの、いちおう下に場所を用意して」

「騎士であるならこうした室内で対象を守ることもあるだろう」

「そうなったらもうほぼ負けで……いえ、わかりました」

俺を置いて話を進めた意趣返しだ。

目でそう伝えてやると、諦めたように壁に掛けられた剣を渡してくる。

「さて」

「……」

片手で剣を構えてシャルロットを見ると、剣を両手で正面に構え、気迫に満ちあふれた目をしていた。

無駄のない、遊びもない、ただ実直に振るい続けてきた剣。

騎士の役目は決して敵を倒すことではない。

主君を守る剣であり、盾そのものであり、それを体現するようなこの姿勢は――。

「本当によく似ている」

「え？」

「貴様の父、ビスマルク男爵を斬ったのはこの私だ、と言ったのだ」

「っ――!?」

シャルロットが動揺した瞬間、俺は一歩踏み込む。

こうした狭い室内において、一瞬でも気が散ると致命的だ。

俺が剣を振り下ろした瞬間、甲高い金属音が鳴り響く。

「受け止めただと？」

「はぁぁぁぁ！」

俺を押し返すように、身体全体の体重を乗せてくる。

魔術を一切使わない身体能力だけの勝負であっても、この身体のスペックは人外級。

だがそれでも、完全に決まったと思った瞬間だったこともあり、俺の方が後退させられてしまった。

「……」

「ふぅぅぅぅ……」

三歩分の距離を取りながらシャルロットを見ると、大きく息を吐きながら、険しい顔でこちらを睨んでくる。

それは敵を見る目だ。

ただ……親の敵《かたき》を見る目とは違い、恨みの感情などは含まれていなかった。

「なぜ追撃してこなかった？」

「……」

シャルロットは答えない。

ただその場を動かず、先ほどと同じ構えでそこに佇む。

一瞬、俺は彼女の背後に小さな少女の姿が見えた。

「なるほどな……く、くく、くはははは！」

あまりにもおかしすぎて、つい笑ってしまった。

「リ、リオン様？」

俺の豹変ぶりに仕掛け人であるドルチェ伯爵の方が戸惑い始めるが、仕方あるまい。

シャルロットは今、剣の腕を見せるために戦っているのではなかった。

守るべき主君のために、命を懸けているのだ。

「ああ、参ったな。これは少しだけ楽しくなってきてしまった」

もうシャルロットは俺の言葉に動揺させられることはないだろう。

こちらを睨んでいるのも『主君を危険に晒そうとしている敵』だから。

そして動かず追撃をしないのは、敵を倒すことが目的ではなく『守ること』だから。

もし襲撃者が俺一人でなかったら、主君が殺されていたことだろう。

「ドルチェ伯爵、これは騎士に相応しいかを見極めるための試験だったな？」

「え？　そうですね……」

「ならば私の完敗だな」

敵がいるからと安易に攻撃を仕掛けては、騎士失格だからな。

とはいえ、剣の技量も見せる、という話もある。

ならば、こちらは敵として存分にやらせてもらおうか。

「行くぞ！」

今度は動揺を誘うような真似はせず、正面からただ斬りかかる。

並の騎士なら鎧ごと一刀両断してしまうような一撃だが、シャルロットは上手く剣を合わせると横に流してきた。

さらに流れるような動きで反撃をしてくるが、それを受けてやる気はないので半歩下がって躱す。

これで今度はこちらの番なのだが、それより早くシャルロットの蹴りが飛んでくる。

――対魔物の動きではないな。

明らかに対人特化の動きだ。

蹴りを躱して反撃しようにも、上段に構えていた剣による威圧で近づけず、攻撃を止めざるを得なかった。

今まで魔物を相手にした姿しか見てこなかったが、想像以上の鋭さ。

誰かを守るための動きに特化した姿は、間違いなく騎士そのもの。

それでいて、騎士なら滅多に使わない蹴りなどの動きは、冒険者ならではの機転だろう。

「素晴らしい」

とにかく相手を近づけないことを徹底している。

これは技量というより、絶対に揺れ動かない不屈の意思が必要となるものだが……。

「……ふぅぅぅぅ」

深く吐いた息。

瞬き一つせず、真っ直ぐ睨みつけてくる鋭い瞳。

彼女の背後には幻想であるはずの少女が、それでも不安なく立っている姿が見える。

その姿は、まさしく主君を守る騎士そのもの。

「はぁ！」

再び攻撃を仕掛けるが、結果は同じようなものだ。

どれだけ俺が剣の速度を上げても、フェイントを仕掛けようとも、本命の一撃以外は全て捨てる覚悟で、彼女は一度も目を逸らさずに受けきった。

魔術を使わないということ以外、俺は手を抜いていない。

本気で仕掛けて、本気で防がれている。

シャルロットも無傷とはいかないが、これだけ時間を稼がれては襲撃者としては失格だ。

――これはもう、完全に俺の負けだな。

この身体のスペックを考えれば、あり得ない結果。

だがそれでも、納得してしまう自分がいた。

「さて、それではこれで最後としよう」

俺が大きく剣を振り上げた瞬間、シャルロットの瞳が鋭く光る。

そしてこれまで絶対に越えてこなかった一歩を強く踏み込んできて、下から剣を振り上げてくる。

剣と剣のぶつかり合い。

ドルチェから渡された剣が耐えきれず、その剣先が天井に刺さった。

そしてシャルロットの剣は依然として輝きを失わず、俺の首目掛けて降りてくる。

「私の勝ちです！」

「ふっ……」

掌を剣に添えてやり、シャルロットの力を利用してそのまま円を描くように逸らす。

「え？　うそ——!?」

俺の動きと連動するように彼女の身体が一瞬宙を浮き、前倒しになるように地面に倒れた。

空中でシャルロットの剣を掴むと、俺はその切っ先を地面に向け——。

「私の勝ちだな」

「え？　え？　え？」

なにが起きたのかわからなかったのだろう。

完全に自分の勝ちを確信していたシャルロットは、戸惑ったような顔をしている。

まあ実際、特別なことはしていない。

魔力の流れを掴む行為と、相手の力を利用した合気は近いものがあり、俺の得意分野だった、というだけだ。

――もっとも、これを実戦で使ったことがあるのは一度だけだがな。

「あの……もしかして、私の負けですか？」

「……ふ」

「な、なんですかその笑いは！　ちょっと酷くありませんか⁉　っ――⁉」

シャルロットが立ち上がろうとして、しかし身体が上手く動かないのか地面に崩れ落ちる。

まあ俺の攻撃をずっと防いでいたのだ。

精神的にも肉体的にも相当な負担だったことだろう。

「ドルチェ伯爵、見ての通りだ」

「ええ。とりあえずリオン様が女性を虐める酷い人だということだけははっきりと見させていただきましたよ」

どうやら自分の狙った通りにならなかったからか、拗ねているらしい。

そこそこ年齢のいった男の拗ねた姿など、まったく可愛くないが……。

「冗談です。素晴らしい騎士道精神を見させていただきましたよ、シャルロット」

「あ、えっと……？」

「騎士とは命を懸けて主君を守るもの。今回のように追い詰められた場合は、援軍が来るまで守り切ることこそ重要です。そして貴方はそれを……」

地面に倒れているせいで締まりが悪く、しかも最後は俺に倒されてしまったため言葉に詰まっているな。

シャルロットもそのことに気づいたのか、再び立ち上がろうとするので、こっそり魔術で手助けをしてやる。

そうしてドルチェ伯爵の前に立つと、満足そうに頷く。

「……最後まで立派に守り切りましたね。かつてのビスマルク男爵に恥じない姿でしたよ」

「あ、ありがとうございます！」

「さて、リオン様。ここまでやってまさか文句はありませんよね？」

「そもそも、私はシャルロットが騎士になることを推薦していたはずだぞ」

なのにわざわざ俺に問いかけてくるのはどういう了見だ？

「では許可もいただけたので、シャルロット。貴方には帝国騎士になって貰います」

「はっ！　ありがたき幸せ！」

「そしてシオン・グランバニア前皇帝の旅に同行し、彼の御方を守るように！」

「はっ！　……は？」

あまりに突然の言葉に俺はツッコミを入れ損ね、シャルロットは言われたことが理解できずに固まった。

そんな中、ドルチェ伯爵はしてやったりの顔で俺を見る。

「というわけでシオン様。これからシャルロットは貴方様付きの騎士として同行させますので、正体を現してください」

「……シオン、様？」

まさか、嘘でしょう、という顔をしているシャルロット。

伯爵自らここまで言ってしまったら、さすがにもう誤魔化しはできないだろう。

それに正直、この顔をさらに驚かせたら面白そうだと思ってしまった。

「仕方ないか」

幻影魔術を解くとリオンの姿が消え、代わりにシオン・グランバニアの姿が解放される。

俺としては特段なにかが変わるわけではないのだが、正体を知ったシャルロットは目を丸くして身体を震わせていた。

「そういうわけらしい。よろしく頼むぞ我が騎士よ」

未だに理解ができていないシャルロットの肩に手を置き、同時に防音魔術を展開。

その瞬間――。

「し、シオン皇帝ぃぃぃぃぃぃ!?」

俺の予想通り、シャルロットは街中に響いてしまいそうな叫びをあげるのであった。


「というわけで、改めてパーティーメンバーになったシャルロットだ。よろしく頼む」

ギルドの酒場でフィーナたちと合流した俺は、夕食を食べながら先ほどの経緯を説明する。

いくら俺がリーダーとはいえ、勝手にメンバーにしたのだからそれくらいはしないとな。

「……」

「なあ主。シャルロットのやつ、顔を赤くしたまま固まっているぞ」

「正体を教えてからずっとこの調子でな。仕方がないので無理矢理連れてきた」

一応理由は聞いたのだが、恐れ多くて答えられないと言われてしまった。

「それじゃあこれから、シャルロットさんとも旅ができるんですね！」

「ああ。表向きはパーティーメンバーとして、裏では護衛の騎士だ」

「わぁ、また一緒にいられるなんて嬉しいです！」

元々年も近いし仲も良いから心配していなかったが、フィーナが気にした様子を見せないのは良かった。

さっそく緊張して固まったままのシャルロットに近づき、事情を聞き始める。

――同じ女性同士なら、緊張も解れるか。

シャルロットもぼそぼそとなにかを話しているので、なんとかなりそうだ。

「主に護衛って何から守るのだろうな？」

「そこはあまり気にするな」

神でも龍でも、最上級クラスでなければ俺の敵ではない。

そしてそんなものがポンポンと出てくるわけもないし、出てきたらシャルロットでは時間稼ぎにもならん。

――結局、フィーナの護衛になるような気がする。

この二人が組めば大半の危険は防げるから、丁度良い。

「聖女ぉぉぉ⁉」

「元ですから気にしないでくださいね」

そういえばレーヴァが龍で、俺が皇帝であることは伝えたが、フィーナが元聖女だったということは伝えていなかったな。

まあすぐに慣れるか。

「ところでミスティ、ずいぶんと大人しいな」

ずっと俺の膝の上で食事をしていたミスティを見ると、頬一杯になにかを詰め込んでいた。

ついでに言うと、テーブルの上には俺が頼んだはずのハンバーグが、ほとんど食されていた。

ちなみに俺はまだ食べていない。

「んんんん」

「……これは私のだぞ？」

「っ――――!?」

慌てて口の中の物を飲み込み、自分は食べてませんよアピールをしてくる。

口元には思い切りソースがついているし、なんなら手に持った子ども用フォークには欠片が刺さっているのだから、誤魔化されようがないのだが……。

しかもハンバーグがよほど気に入ったのか、チラチラと残りの分も狙っているようだ。

「私はまた頼むから、これは食べていいぞ」

「いいの!?」

「ああ」

俺の許可を得たからか、すぐに残りのハンバーグを平らげてしまった。

「おいしかったー！」

「早いな」

「まったく、主はミスティに甘すぎるぞ。ほら、こっち来い」

「うん！」

俺の膝からミスティを取ると、自分の隣の椅子に置いて口元を布巾で拭き始める。

柔らかそうな丸い頬が揺れながら、されるがままに甘える姿は子どもそのものだ。

周囲の視線も微笑ましいもので、厳つい冒険者が集まる酒場だというのになぜかほっこりした空気に包まれた。

――いちおう、この街の人間はミスティが龍ということは知っているはずなのだがな。

普段から街で遊ばせていたからか、すでに慣れてしまったらしい。

「やや！　これはリオン殿偶然ですね！　実は新しいアイデアが――」

「今は食事中だ」

「ふぎゃ⁉」

勢いよく詰め寄ってきたバルザックを気絶させながら、周囲を見る。

お腹がいっぱいになって眠くなったのか、母親に甘えるようにくっつくミスティ。

それをあやしながら、食事の手を止められて困った様子のレーヴァ。

フィーナとシャルロットは二人で顔を赤くしながら、なにやら華やかな会話をしていて――。

「追加のご注文でーす」

新しい料理が届き、酒を飲みながらそんな光景を眺めて思う。

「この世界の美しい光景を見るのもいいが……」

――こんな、当たり前の日常も悪くないな。

そんな風に思いつつ、酒を飲むのであった。

《了》

あとがき

この度は『転生したラスボスは異世界を楽しみます』をお手にとって頂きまして誠にありがとうございます。

この作品は、最強主人公であるリオンがとにかく異世界を楽しむ、というコンセプトで書き始め、自分の好きを詰め込んだ作品ですので一緒に楽しんで頂けていれば幸いです。

さて、もうお手に取られた方々は見ているかと思いますが、一巻に続いて二巻も『由夜先生』にイラストを描いて頂きました。

新キャラになるミスティは可愛すぎですし、シャルロットも美しすぎますよね。

フィーナも少し服装が変わって新しいビジュアルで登場ですし、挿絵ではレーヴァも良い雰囲気になっていて本当に素晴らしく……最高のイラストレーター様に描いて頂いたなと思います！

私のイメージの１００％を超えたデザインが上がってきて、毎回イラストレーター様って凄いって感動してしまいますね！

そしてこの作品ですが、現在『瑞島キイチ先生』によってコミカライズも始まっております！

小説では見えない世界観や動きなども丁寧に表現して頂き、動き回るキャラクターたちは見ていてとても楽しくなってきますので、もしまだ読まれていない方は是非読んでみてください！

そして私の事になりますと、現在作家になってから三年目になり、もうすぐ四年目に入ろうかという時期になりました。

サーガフォレスト様（一二三書房様）含め、様々な出版社様から本を出させて頂き、おかげさまで毎年刊行点数が増えています。

現在は今回のラスボス二巻で小説が十一冊、コミカライズが五冊、オリジナル漫画が二冊。

来年はさらに増える予定になっていて、ありがたい限りですね。

こうして私が本を出し続けられているのも、購入してくださっている読者の皆様のおかげです。

本当にありがとうございます！

読んでくださる方々が「面白い！」と楽しんで貰えるよう、これからも頑張りますので、何卒よろしくお願い致します。

平成オワリ

転生したラスボスは異世界を楽しみます 2

発 行
2023年12月15日 初版発行

著 者
平成オワリ

発行人
山崎 篤

発行・発売
株式会社一二三書房
〒101-0003 東京都千代田区一ツ橋2-4-3 光文恒産ビル
03-3265-1881

編集協力
株式会社パルプライド

印 刷
中央精版印刷株式会社

作品の感想、ファンレターをお待ちしております。
〒101-0003 東京都千代田区一ツ橋2-4-3 光文恒産ビル
株式会社一二三書房
平成オワリ 先生／由夜 先生

Printed in Japan, ISBN978-4-8242-0072-3 C0093

※本書は、カクヨムに掲載された「悲劇の運命を背負ったラスボスに転生しました。破滅フラグは全て叩き潰したのでこの世界を楽しみます」を加筆修正し書籍化したものです。